中国艺术研究院红学论坛 第一期

换个角度观红楼

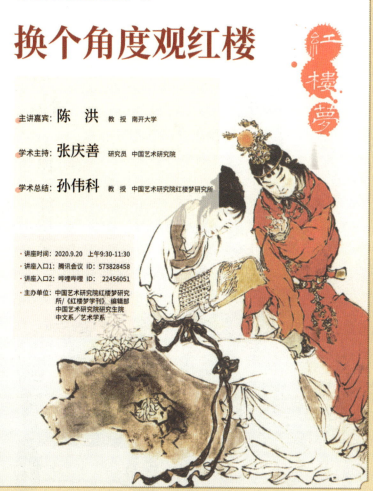

主讲嘉宾：**陈 洪** 教 授 南开大学

学术主持：**张庆善** 研究员 中国艺术研究院

学术总结：**孙伟科** 教 授 中国艺术研究院红楼梦研究所

· 讲座时间：2020.9.20 上午9:30-11:30
· 讲座入口1：腾讯会议 ID：573828458
· 讲座入口2：哔哩哔哩 ID： 22456051
· 主办单位：中国艺术研究院红楼梦研究
　　　　　　所/《红楼梦学刊》编辑部
　　　　　　中国艺术研究院研究生院
　　　　　　中文系/艺术学系

中国艺术研究院红学论坛系列讲座·第二期

假如 吴敬梓 来评 《红楼梦》

他会怎么说？

主讲嘉宾：陈文新 教授 武汉大学文学院

学术主持：孙伟科 教授 中国艺术研究院红楼梦研究所

与谈嘉宾：叶楚炎 副教授 中央民族大学文学与新闻传播学院

学术评议：苗怀明 教授 南京大学文学院

· 讲座时间：2020.9.30 上午9:00-11:30
· 讲座入口1：腾讯会议 ID：650299885
· 讲座入口2：哔哩哔哩 ID：22456051
· 主办单位：中国艺术研究院红楼梦研究所/《红楼梦学刊》编辑部
　　　　　　中国艺术研究院研究生院中文系/艺术学系

红楼梦整本书阅读的理念与实施

中国艺术研究院红学论坛
第三期

论坛时间
2020.10.22 13:30-16:00PM

主讲嘉宾
俞晓红 教授
安徽师范大学文学院

与谈嘉宾
詹丹 教授
上海师范大学中文系

学术评议
孙伟科 教授
中国艺术研究院红楼梦研究所

学术主持
石中琪 副研究员
中国艺术研究院红楼梦研究所

论坛平台
腾讯会议 ID：433187370
哔哩哔哩 ID：22456051

中国艺术研究院红楼梦研究所/《红楼梦学刊》编辑部
中国艺术研究院研究生院中文系/艺术学系

中国艺术研究院红学论坛
第四期

论坛议题
1.百年红学的主要成就与局限
2.红学发展及《红楼梦学刊》等平台建构的新思路
3.经典普及与《红楼梦》整本书阅读

论坛时间
2020年10月31日 13:30-17:10

论坛地点
上海市桂林路 81 号上海师范大学东部文科实验楼 1103 室

—

学术主持
詹丹 教授
上海师范大学人文学院中文系

学术总结
张云 编审
中国艺术研究院红楼梦研究所

—

主办单位
中国艺术研究院红楼梦研究所/《红楼梦学刊》编辑部
承办单位
上海师范大学人文学院

中国艺术研究院红学论坛
第五期

红楼 人物的结构化理解

主讲嘉宾
詹丹 教授
上海师范大学中文系

与谈嘉宾
潘建国 教授
北京大学中文系

学术主持
胡晴 副研究员
中国艺术研究院红楼梦研究所

学术评议
赵建忠 教授
天津师范大学文学院

论坛时间
2020年12月12日（周六）下午2:00-4:30

论坛平台
腾讯会议：*890591964*
哔哩哔哩：*22456051*

主办单位
中国艺术研究院红楼梦研究所/《红楼梦学刊》编辑部
中国艺术研究院研究生院中文系/艺术学系

—

主讲嘉宾

沈治钧 教授

北京语言大学汉语学院

与谈嘉宾

董梅 副教授

中央美术学院人文学院

学术总结

孙伟科 教授

中国艺术研究院红楼梦研究所

学术主持

张庆善 研究员

中国艺术研究院

与谈嘉宾

卜喜逢 副研究员

中国艺术研究院红楼梦研究所

论坛时间

2020年12月19日（周六）14:00-16:30

论坛平台

腾讯会议：635641832

哔哩哔哩：22456051

—

主办单位

中国艺术研究院红楼梦研究所/《红楼梦学刊》编辑部

中国艺术研究院研究生院中文系/艺术学系

金陵十二钗排序原则漫谈

RANDOM TALK ON SEQUENCING PRINCIPLE OF TWELVE BEAUTIES IN JINLING

红学再出发（2021）

主办单位：
中国艺术研究院红楼梦研究所
浙江海洋大学师范学院

地点：
浙江海洋大学国际学术交流中心
（长峙岛校区）103－2室

《红楼梦》经典化及其研究

6月19日全天

中国艺术研究院红学论坛（2021）

中国艺术研究院红学论坛（2021）

主讲嘉宾
夏薇
中国社会科学院文学研究所研究员

学术主持
卜喜逢
中国艺术研究院红楼梦研究所副研究员

学术对话
孙伟科
中国艺术研究院红楼梦研究所教授

陈亦水
北京师范大学艺术与传媒学院讲师

学术评议
詹颂
首都师范大学国际文化学院教授

11.14
09:30—12:00

饮食男女：红楼梦中的性别问题

主办单位：中国艺术研究院红楼梦研究所／《红楼梦学刊》编辑部／中国艺术研究院研究生院艺术学系、中文系

腾讯会议ID: 463 231 181 09   哔哩哔哩ID: 22456051

中国艺术研究院红学论坛（2021）

主讲嘉宾
李桂奎
山东大学文学院教授

学术主持
胡晴
中国艺术研究院红楼梦研究所研究员

学术对话
张同胜
兰州大学文学院教授

井玉贵
中国社会科学院大学文学院副教授

学术评议
段江丽
北京语言大学中华文化研究院教授

主办单位：中国艺术研究院红楼梦研究所／《红楼梦学刊》编辑部／中国艺术研究院研究生院艺术学系／中文系

红楼梦

11.21
09:30—12:00

"深意"观赏
与探赜

腾讯会议ID: 463 231 181 09　　　　哔哩哔哩ID: 22456051

中国艺术研究院红学论坛（2021）
腾讯会议ID：463 231 181 09
哔哩哔哩ID：22456051
主讲嘉宾
梅新林
浙江工业大学教授
学术主持
孙伟科
学术对话
詹丹
上海师范大学人文学院教授
学术总结
沈治钧
北京语言大学汉语学院教授
11.28
09:30—12:00
新红学的
百年回望与启示
主办单位：中国艺术研究院红楼梦研究所／《红楼梦学刊》编辑部
中国艺术研究院研究生院艺术学系／中文系
9:30 —
12:00

中国艺术研究院红学论坛（2022）

红楼梦
传播与接受的
价值取向

12/09
14:30-16:30

主讲嘉宾　王　平
山东大学文学院 教授

学术主持　孙伟科
中国艺术研究院红楼梦研究所 教授

学术对话　王　慧
中国艺术研究院红楼梦研究所 副研究员

Forum

腾讯会议ID

496-2708-4705

哔哩哔哩ID

22-537-583

主办单位：
中国艺术研究院红楼梦研究所/《红楼梦学刊》编辑部
中国艺术研究院研究生院艺术学系/中文系

海报设计：姚姝含

中国艺术研究院红学论坛（2022）

《红楼梦》里的
生活美学

2022年12月13日

主讲嘉宾：顾春芳
北京大学艺术学院 教授

学术主持：胡 晴
中国艺术研究院红楼梦研究所 研究员

学术对话：陶 玮
中国艺术研究院红楼梦研究所
《红楼梦学刊》编审

14:30 论坛
时间
↳ **16:30**

腾讯会议ID
496-2708-4705

哔哩哔哩ID
22-537-583

主办单位：
中国艺术研究院红楼梦研究所/《红楼梦学刊》编辑部
中国艺术研究院研究生院艺术学系/中文系

海报设计：姚姝含

红楼服饰
析射的
历史背景

● 12/16
14:30—16:30

观看地址
腾讯会议ID：496-2708-4705
哔哩哔哩ID：22-537-583

主讲嘉宾：王 彬
|鲁迅文学院 研究员

学术主持：卜喜逢
|中国艺术研究院红楼梦研究所 副研究员

学术对话：张立敏
|中国艺术研究院红楼梦研究所 研究员

主办单位：
中国艺术研究院红楼梦研究所/《红楼梦学刊》编辑部
中国艺术研究院研究生院艺术学系/中文系

海报设计：姚姝含

中国艺术研究院红学论坛（2022）

> > > > >

《红楼梦》的
家族情结
> > > > >
与文学书写

> > > > >

主讲嘉宾：苗怀明
南京大学文学院 教授

学术主持：李 虹
中国艺术研究院红楼梦研究所 副研究员

学术对谈：孙大海
中国艺术研究院红楼梦研究所 助理研究员

学术总结：孙伟科
中国艺术研究院红楼梦研究所 教授

时间
/
12月21日 14:30—16:30

观看地址
/
腾讯会议ID：496-2708-4705
哔哩哔哩ID：22-537-583

主办单位：
中国艺术研究院红楼梦研究所/《红楼梦学刊》编辑部
中国艺术研究院研究生院艺术学系/中文系

海报设计：姚姝含

红学论坛参与学者

（以参与时间为序）

陈 洪

张庆善

孙伟科

陈文新

叶楚炎

苗怀明

俞晓红

詹 丹

石中琪

张　云

潘建国

胡　晴

赵建忠

沈治钧

董　梅

卜喜逢

欧阳奋强

陶　玮

夏　薇

陈亦水

詹　颂

李桂奎

张同胜

井玉贵

段江丽

梅新林

陈维昭

李鹏飞

李　虹

曹立波

王　平

王　慧

顾春芳

王　彬

张立敏

孙大海

前 言

　　红学论坛是由中国艺术研究院专项设立,红楼梦研究所、《红楼梦学刊》编辑部主办,研究生院艺术学系、中文系联合主办的学术高端论坛。

　　红学是中国艺术研究院的传统学科和特色学科,周汝昌、冯其庸、李希凡等均是中国艺术研究院具有全国乃至国际影响力的前辈红学大家,研究生院中文系、艺术学系一直设有红学专业的硕士、博士培养点;红楼梦研究所、《红楼梦学刊》、中国红楼梦学会为红学在新时期以来的学术发展提供了新的空间,在国内外学术界享有很高声誉。红学论坛以《红楼梦》为对象,站立学术前沿、注重学科建构、关注跨学科发展、促成学科体系完善,使红学话语具有民族特色、自成体系,其宗旨在于推出学术话题、活跃思想、引领发展,为红学研究者与爱好者提供精神营养,寻绎文学经典价值,为红学的再出发开辟道路。

目 录

红学论坛·2020 年

3　　第一期　换个角度观红楼

16　　第二期　假如吴敬梓来评《红楼梦》，他会怎么说?

37　　第三期　《红楼梦》整本书阅读的理念与实施

59　　第四期　红学再出发

68　　第五期　红楼人物的结构化理解

84　　第六期　金陵十二钗排序原则漫谈

红学论坛·2021 年

103　　第一期　红学再出发（2021）:《红楼梦》的经典化

　　　　　　　及其研究

119　　第二期　宝玉说红楼: 走向经典

134　　第三期　饮食男女:《红楼梦》中的性别问题

155　　第四期　《红楼梦》"深意"观赏与探赜

177　　第五期　新红学的百年回望与启示

206 第六期 《金陵十二钗》与曹雪芹

226 2022年度中国艺术研究院红学论坛综述

238 附录 中国艺术研究院红学论坛2020—2022总目录

245 后记 开谈又论红楼梦，经典重温驱疫年

中国艺术研究院 红学论坛

2020年

第一期　换个角度观红楼

第二期　假如吴敬梓来评《红楼梦》，他会怎么说？

第三期　《红楼梦》整本书阅读的理念与实施

第四期　红学再出发

第五期　红楼人物的结构化理解

第六期　金陵十二钗排序原则漫谈

中国艺术研究院

红学论坛 2020 · 第一期

换个角度观红楼

时　　间：2020 年 9 月 20 日 9:30—11:30

主 讲 人：陈　洪

学术主持：张庆善

学术总结：孙伟科

　　2020 年 9 月 20 日 9:30—11:30，由中国艺术研究院红楼梦研究所、《红楼梦学刊》编辑部联合主办，中国艺术研究院研究生院中文系、艺术学系倾情协办的"中国艺术研究院红学论坛"第一期在腾讯会议和哔哩哔哩直播平台顺利举行。本次论坛由中国红楼梦学会会长张庆善研究员担任学术主持，邀请到的主讲嘉宾是南开大学学术委员会副主任、南开大学跨文化交流研究院院长陈洪教授，主题为"换个角度观红楼"，中国艺术研究院红楼梦研究所副所长、《红楼梦学刊》主编孙伟科教授负责学术总结。本期论坛不仅受到红学领域研究者与爱好者的热切关注，还吸引了院内外相关领域研究者的注意，超过 3000 人通过腾讯会议、哔哩哔哩直播平台在线参与，后续通过网络重播观看者还在不断增加。

　　论坛开场，主持人张庆善研究员首先对中国艺术研究院红学论坛的顺利召开表示祝贺，随后表达了对主讲嘉宾陈洪教授的恳切感谢，并热烈欢迎在线参与的老师与同学。在介绍陈教授时，张老师强调陈先生的博学多才在学界是有口皆碑的，是他非常敬佩的学者和兄长。陈洪老师是南开大学的"南开讲席教授"、国家级教学名师，入选"国家高层次人才特殊支持计划"领军人才；曾任南开大学常务副校长、教育部中文专业教学指导委员会主任，现担任天津市文联主席、天津市政府首席督学。学术建树方面，陈先生在中国古代小说理论史、佛学与文学关系，以及金圣叹、《红楼梦》、《西游记》、《水浒传》等方面的研究都卓有成就，主要著作有《红楼内外看稗田》《结缘：文学与宗教》《中国小说理论史》《中国文化导论》《〈周易〉与人生智慧》《金圣叹传》等。张老师还指出，陈先生近年来对《红楼梦》的研究尤其引人注目，发表了很多重要见解，本次所讲主题"换个角度观红楼"更是令人期待，而对于究竟是何种角度，他本人也表示十分好奇，由此请出陈教授进行精彩的讲演呈现。

通过网络与同人、朋友们进行红学交流，陈洪教授谦虚地表示诚惶诚恐。在他看来，红学是一门非常成熟的学科，且深不可测，故他谦虚地自称"槛外人"，并表明应邀来此分享心得，是希望在交流中听到批评意见，继续进步。随后，陈洪就"换个角度观红楼"的主题予以解释，他承认如此命题有点"取巧"的意思，因为在不换角度的情况下，"大家"已有诸多论著，所以不得不换个角度观察。在对其"角度"进行阐述时，所谓"红楼隔雨不分明"，陈洪认为红学的深不可测不仅体现在学问本身积累的丰厚内容上，还在其区别于一般学术对象的独特性上：

第一，曾经的政治风雨。陈老师提到，《红楼梦》与中国政治的关系一度相当密切，如20世纪三四十年代就出现过"不读红楼只能算半个中国人"的案例，再如20世纪50年代初的"小人物事件"与"文化大革命"期间的《红楼梦》比喻等。陈教授强调，以上所举虽不完全是学术性问题，但对学术研究并非没有影响。

第二，学术界的"两军对垒"。陈洪认为，这种对峙首先表现在索隐（旧红学）与考据（新红学）方面，新与旧的相互对立非常明显；其次是红楼（《红楼梦》）与石头（《石头记》），120 回的程甲本或程乙本均用《红楼梦》，抄本则用《石头记》，两者的观点对立在近年来较为尖锐。

第三，"民科"的奇谈怪论。陈洪关注到，《红楼梦》的民间科学家有非常多的奇怪论调，如 20 世纪 80 年代的"八卦红楼"一度有相当影响。

紧接着，陈教授分别对文化界的红学研究代表俞平伯先生和赵朴初先生的观点进行了解读，认为俞平伯先生是与胡适几乎同时开辟新红学的学者，两人的研究是相互呼应的，但在其晚年的文章《漫谈红学》中，俞先生已表现出对两大红学派别（索隐与考据）研究路径的否定，认为当以小说观之，不必做实；赵朴初先生学养甚为丰厚，曾于读《红楼梦》后作诗，感叹"人情僧梦虎，世事厉怜王……稗官原是史，尽信亦何妨"，陈教授认为此观点看似与俞先生相反，但实际上是相通的，读了《红楼梦》，就知道世事反复无常，赵先生的意思是《红楼梦》所写虽非实事，却反映了历史上最精华、最深刻的人情世事。

根据以上现象及主张的引证，陈洪教授进一步抛出他的问题：《红楼梦》中所写，是真实的事情吗？以此为引，他对自己观红楼的"角度"进行了说明，即在"雾失楼台，月迷津渡"时，不妨试试别样路。陈老师是从具体对象出发来对其所转换的思路进行说明的，他指出，就《红楼梦》读者尤其是一般读者而言，他们首先关注的人物是林黛玉。那么，随之而来的问题即，林黛玉由何而来？对此，陈教授首先分别数点了新、旧红学的观点："旧红学"有林黛玉是董小宛、朱彝尊、"甄嬛"等说法；"新红学"则认为《红楼梦》所写乃曹氏一门真事，林黛玉为曹雪芹的表妹或情人。在陈洪看来，此类观点要么没有依据，要么大煞风景，无法接受和认同。他认为，换一种思路（即一般文艺学的 ABC 问题），完全可以弄清楚林黛玉从何而来的问题。

陈洪指出，小说人物形象是作者心营意造的结果，然心营意造是需要材料的，而材料不排除历史人物或亲身经历过而受到的某种启发。但陈教授更强调"采得百花酿蜜后"，肯定"酿蜜"在于心营意造，并指出除历史人物和人生经历的启发外，心营意造还有一个更重要的来源，这就需要从文本出发进行揭示。他进而以第五回"游幻境指迷十二钗，饮仙醪曲演红楼梦"一段为引，尤其突出林黛玉与薛宝钗二人的判词："可叹停机德，堪怜咏絮才。玉带林中挂，金簪雪里埋。"陈洪认为，此段话中有相当丰富的内涵，其中涉及三个问题：

一、写的是谁？答案很明显，写的是林、薛二人。

二、何以"合二而一"？册页中其他人均是单判，一人对应一首诗和一幅图，为何反而两个最重要的人合用了一幅图和一首 20 字的诗？

三、从典故的阐释入手。陈洪指出，此首小诗中包含两个典故，典故中的文化血脉可以带来很多启发。上联"德""才"分举，"停机德"和"咏絮才"是典故；下联"玉带林中挂，金簪雪里埋"，"玉带林"颠倒后为林黛玉，"咏絮"指谢道韫，这一典故记载于《世说新语》中，以谢道韫比林黛玉，说明林与谢一样是才女。"停机德"出自《后汉书·列女传》，是贤妻的代名词。"停机德"与"金簪雪里埋"对应，"咏絮才"则同"玉带林中挂"相关。单就"咏絮才"与"玉带林"言，作者将谢道韫与林黛玉相比拟的意图是非常明确的。进一步解读，陈洪提出这首诗将谢、林并举的前提是"才"，其原因有二：第一，已明显说出是"咏絮才"；第二，与前面"停机德"对应，区别于一般的"德才兼备"，此处乃是"德才分殊"：将"德"给了薛宝钗，将之比作乐羊子妻；把"才"给了林黛玉，使其与谢道韫作比。

更进一步，陈教授继续发问：将林黛玉比作谢道韫，是仅仅着眼于才吗？或者说，除才女身份外，谢道韫还有其他文化内涵吗？他认为这需要回到《世说新语》的另一典故，济尼评谢道韫与张玄之妹曰："王夫人神情散朗，故有林下风气；顾家妇清心玉映，自是闺房之秀。"（《世说新语·贤媛》）

据此，陈洪注意到，谢道韫在历史文化中兼备双重身份，即"咏絮才"（才女）与"林下"（率情任性）；并认为这两种文化身份均表现在林黛玉（"咏絮才"之"才"与"林下"之"林"）身上。同时，"林下"与"闺房"亦是相对的，"闺房"指女性、贤妻的活动空间及约束，"林下"所要挣脱的正是这种约束，两者对照，一指才情、个性、率真，一指德行、修养、礼教。为说明"林下"具有超越少男少女恋情的文化内涵，陈教授还对其本义、特征及相关人物事迹、文学表达等进行了引证分析，点明其"越名教而任自然"的本质（"名教"强调人顺应社会的一面，"会做人"，具体表现为稳重、敬畏，在整个社会结构中处于相对强势地位；与之相对，"自然"则强调放任性情，重自我，表现为潇洒、通脱，多数情况下处于社会边缘）。随后，陈洪老师由浅入深地继续探讨"林下"与林黛玉的关系。

两者间有由浅入深的关联。第一，"林下"与姓氏之"林"；第二，与"德"对举之"才"；第三，黛玉在大观园的居所为"潇湘馆"，别号"潇湘妃子"，喜爱"竹林"；第四，描写黛玉，尤其是与宝钗对照描写时，其性格中"纯任自然""率情任性"的一面特别突出；第五，"孤标傲世"的精神气质，与嵇康、阮籍相呼应；第六，与"薛"对峙的人际关系，恰与历史文化中"闺房之秀"同"林下风气"的对比相呼应。根据以上六点，陈老师认为，作者是有意识地把历史文化传统中的"林下风气"和"才女"血脉赋予林黛玉。由此，还连带出一个难题，即小说钗黛关系的两种解读：从文本看，"德"与"才"、"闺房"和"林下"是同构关系（"闺房"强调"德"，"林下"强调"才"）；从文本出典（"停机"与"咏絮"、"林下"与"闺房"）看，林与薛的关系是对峙而非对立、偏爱而非并重，陈洪指出，这种微妙关系的描写，浸透了作品的矛盾倾向，正是其艺术张力所在。

基于以上分析，陈洪教授进一步尝试从文化血脉角度出发考察传统，并分别进行了举例论证和说明。

首先，"林下"意象与"闺房"意象的关系变迁。

《世说新语》中，两者是对比、对峙而非对立冲突的，对两者都是予以肯定但又有所偏爱的。陈洪指出，将两种意象搁置在一起来解释超出女性评价范围的做法，在文化传统中不乏其例。譬如，明代中后期文坛领袖王世贞在《跋赵子昂枯树赋真迹》时，将赵孟頫的书法和褚遂良的进行对比，说"褚妙在取态，赵贵主藏锋；褚风韵遒逸飞动，真所谓'王夫人有林下风气'；赵则结构精密骨肉匀和，'顾家妇清心玉映，自是闺房之秀'"。他把"闺房之秀""林下风气"用于书法评价领域，变成普世的审美类型，一种强调"遒逸飞动"，一种强调"结构精密"，两者并重。再如，《红楼梦》写作的乾隆年代社会稳定、国势强盛，比较注重文化建设，除《四库全书》外，还编订有《石渠宝笈》（书画著录文献），其中

《碧琅庵图跋》曰："天地灵敏之气，钟于文士者非奇；而天地灵敏之气，钟于闺秀者为奇。管氏道升，赵魏公之内君也。贞静幽闲，笔墨灵异，披兹图，捧兹记，真闺中之秀。"据此陈洪有以下结论：第一，其中"天地之气所钟"亦是《红楼梦》中语，陈洪指出，虽无法证明《红楼梦》中话语源自此，但至少表明这一思维方式在当时是可以互文参照的。第二，就世人理想言，既希望是"闺中之秀"，又追求"飘飘乎有林下风气"，也是两种审美风格的合一。第三，"双峰对峙，二水分流"成为一种趋势。又如明末叶绍袁《午梦堂集》中的《鹂吹集序》言："概姊之为人，天资高明，真有林下风气。古来女史，桓孟不闻文藻，甄蔡未娴礼法，惟姊兼而有之……独赋性多愁，洞明禅理不能自解免……良由禀情特甚，触绪兴思，动成悲惋。"其中含义，陈老师认为有二：其一，更倾向"林下风气"，而说"兼而有之"；其二，姐姐的形象性格与黛玉对禅理的洞明相通。此外，林语堂的"双姝"模式，也是两种风格的合体，诸如《京华烟云》《红牡丹》《赖柏英》，均是替代《红楼梦》而生的。基于此，陈洪结论如下：在中国文化传统中，"林下"与"闺房"意象是不绝如缕、影响极深且有所发展变化的。

其次，与《午梦堂集》的另外关联。

陈洪提到，《午梦堂集》中九次提及"无叶堂"，是天界"女儿的世外桃源"，不允许男子出入，有似于《红楼梦》中的"太虚幻境"。再如叶小鸾妙才、体弱、成亲前暴卒的形象与遭遇，以及书稿的流传与影响，至少能与《红楼梦》构成一种互文性关系。

至于索隐派、考据派的研究观点，陈洪认为也不必因噎废食。他引入纳兰性德的《摊破浣溪沙》一词，其中以"冷雨葬名花""林下道韫家"关联，其语词、意象或营造的氛围确实是令人深思，使人们联想到林黛玉的命运也并不牵强。借此，他想说明的是，接近的时代、相似的情调、以代表性才女的命运抒发人生感慨基本上是一致的；而《红楼梦》作为一部不朽名作，所吸纳的营养并非止于一端，或言，灌入其中的文化血脉不止一端。

基于以上论点，陈洪教授所得结论如下：《红楼梦》的成书，吸纳了大量文化传统中的要素，所以，简单将之视为"自传"或是"影射"式的"写实"是违背文学创作常识的。因此在解读《红楼梦》时，寻绎文化血脉可以成为一种有效途径。当然，他也强调，这需要读者，尤其是研究者多多读书。

从"林黛玉从何而来"的问题追溯到《世说新语》中"林下"与"闺房"的关系，进而讨论黛玉、宝钗双峰对峙的关系，再关注这对关系在历史文化中的演变，并总结其超越少男少女恋爱的，更有文化意味的文学形象。在此之后，陈教授另举了两例，借以说明用"文化血脉"解读作品，也会有所发现。他认为《红楼梦》的许多解读都与《周易》有关，比如贾宝玉著名的"水""泥"论，就是《周易·咸卦》中卦辞思想观念的体现。其中包含两层含义：第一，以"山"与"泽"两种物象喻少男、少女；第二，"男下女""感物动情"，在两性关系相处中，男性应该更温柔、谦虚（如贾宝玉）。再如《红楼梦》中的"非木石"及与之相关的"碍语"（与当道不容、犯了忌讳的话），联系雍、乾之际的意识形态大事件对"非木石"（同时也包含与曹家休戚相关的奏章等）的反复强调，陈教授认为，《红楼梦》对官方习用语"木石"的标举（"只念""偏说"），绝非仅仅与姓名有关，在文化血脉上，它表现的是与社会通行价值相背离的意识观念。结合当时特殊的文化背景，陈洪表示，"非木石"这个词对于理解全书所带有的异端倾向应该有帮助，对于理解《红楼梦》研究批评史中所谓"碍语"至少可备一说。

最后，陈洪教授引用二知道人的原话，"太史公记三十世家，曹雪芹只记一世家。……然雪芹记一世家，能包括千百世家"，认为此句在一般的典型性解读之外，也含有文化血脉的意味：正因为其中注入了非常丰厚的文化血脉，所以表现出的才不是单独、个别的故事，而是对两千多年的中国古代社会、古代社会文化、文化观念的浓缩，是浓缩之后的艺术表现，因而才具备永恒的生命力，才能打动千万计的人心，也才有说不尽的红楼。

张庆善研究员衷心感谢陈洪先生的精彩讲授，表示自己和在线观众一样获益匪浅，受到很多启发。张老师认为，陈教授从文化血脉角度牵涉到《红楼梦》的成书、解读，正是其博学多才的即时印证，并希望今后还有更多这样的机会，请陈老师来讲《红楼梦》。紧接着，在石中琪老师的组织下，陈洪教授与张庆善研究员和在线观众进行了热烈的学术互动，并针对同学们提出的问题做出了耐心回答。中央美术学院人文学院董梅副教授也分享了自己的听讲收获，她很认同陈教授对《红楼梦》的解读方式，认为他经由对《红楼梦》的文化、文学传统以及切近时代文学文本的爬梳而推导出文本间的互文关系，这种学术态度是值得后学晚辈钦佩并借鉴学习的。董老师还提到，陈教授关于叶小鸾与林黛玉形象关系、《午梦堂集》中"女儿国"与太虚幻境相通的设想与论证是令人信服的，并表示往后会更多关注这方面资源，进行思考。

在学术总结阶段，孙伟科教授这样说道：陈老师此次的讲座是一顿丰盛的学术大餐，为网络上几千观众所共飨。本次讲座精彩而热烈，为红学论坛建立了很高的起点，正符合论坛高端、学术、引领的宗旨。孙老师表示，他在学习中最大的感受在于陈洪老师细致具体的讲述中还充满深刻的学科反思精神，一开始讲俞平伯先生的观点，进一步指出《红楼梦》索隐方法过多地附会历史，而考据方法则完全把《红楼梦》看作曹雪芹家事，正是基于这样的偏颇和缺漏，陈老师转换了观红楼的角度，用文学解释文学，践行了"《红楼梦》研究要回归文学本位"的学术理念。孙老师还展望了红学论坛后续进展，希望大家继续给予关注和支持。张庆善研究员再次感叹陈洪教授观红楼的角度换得好，让人大开眼界，对更深刻地理解《红楼梦》、走进《红楼梦》的艺术世界大有裨益，随即，他以主持人的身份再次向陈洪教授致以感谢，宣布本次论坛圆满结束。

石中琪老师邀请陈洪教授向大家告别，与在线观众定下"经常相会于红楼内外"的约定。据石老师透露，下次论坛暂定于 9 月 30 日 9:00—11:30，期待再次与红学爱好者相会于红学盛宴中！

中国艺术研究院

红学论坛 2020·第二期

假如吴敬梓来评《红楼梦》，他会怎么说？

时　　间：2020 年 9 月 30 日 9:00—11:30

主 讲 人：陈文新

与 谈 人：叶楚炎

学术主持：孙伟科

学术总结：苗怀明

2020 年 9 月 30 日 9:00—11:30，由中国艺术研究院红楼梦研究所与《红楼梦学刊》编辑部联合主办，中国艺术研究院研究生院中文系、艺术学系倾情协办的"中国艺术研究院红学论坛"第二期仍以网络平台直播的方式准时召开。本期论坛主题为"假如吴敬梓来评《红楼梦》，他会怎么说?"，由武汉大学文学院陈文新教授主讲，中央民族大学文学与新闻传播学院叶楚炎副教授参与对谈，中国艺术研究院红楼梦研究所孙伟科教授担任学术主持，南京大学文学院苗怀明教授负责学术总结。论坛举办当日正值中秋国庆双节前的返乡高峰，但专家、学子们的热情并未因此消减，曹立波、詹丹、刘相雨、井玉贵、赵云芳、向彪、朱萍、董梅、张惠、安裝智、李成文、高莹、刘名扬、张玉明、李丽霞、王巨川等众多院内外专家学者均实时出席线上论坛。通过腾讯会议和哔哩哔哩直播平台关注本系列论坛的红学爱好者仍以积极热情的态度参与学习与讨论，截至发稿前，网络统计到的现场参与和点击回放量已超过 3000 人次。此外，马来西亚马来亚大学、北京曹雪芹学会也对论坛进行了实况转播。

论坛开场，孙伟科教授首先就红学论坛的开办作出简要说明，申明本系列论坛是由中国艺术研究院立项举办的高端论坛。红学是中国艺术研究院的传统学科和特色学科，周汝昌、冯其庸、李希凡等均是我院具有全国乃至国际影响力的前辈红学大家，红楼梦研究所、《红楼梦学刊》、中国红楼梦学会为红学在新时期以来的学术发展提供了新的空间，在国内外学术界享有很高声誉。《红楼梦学刊》被誉为"学术界的常青树"，其创立得到了俞平伯、顾颉刚、茅盾、周扬、叶圣陶、王昆仑、贺敬之、吴组缃等老一辈学者的关怀。本年度开启的红学论坛以《红楼梦》为对象，站在学术前沿、注重学科建构、关注跨学科发展、促成学科体系完善，使红学话语具有民族特色，自成体系，其宗旨在于推出学术话题、活跃思想、引领发展，为师生（包括红学爱好者）提供精神营养，寻绎文学经典价值，为红学的再出发开辟道路。孙老师还简单回顾了第一期论坛情况，表示陈洪教授的演讲赢得广泛好评，而今后的讲座安排也会同样精彩，希望大家持续关注。随后，他向大家介绍本期论坛的主讲嘉宾陈文新教授、对话学者叶楚炎副教授以及评议人苗怀明教授，并对三位学者能够应邀出席表示感谢与欢迎。陈文新教授在 2009 年被遴选为教育部重点编写教材中国古代文学史首席专家，现为武汉大学文学院教授委员会主席、武汉大学中国传统文化研究中心学术委员会主任、域外汉学与汉籍研究中心主任，还兼任中国儒林外史学会副会长、中国红学会常务理事等重要职位。陈教授主编的论著和教材甚多，出版个人学术专著二十余部，主持国家社科基金项目和教育部项目十余项，成果辉煌。评议人苗怀明教授不仅是"红迷"熟悉的老朋友，也是一位激扬文坛的当代名家，故其评议必定会十分精彩；对话学者叶楚炎副教授任职于中央民族大学文学与新闻传播学院，是一位红学研究新锐。红学论坛强调立足前沿、守正出新，对话文学经典、突出文学本位，不忘初心、试解真味，切磋学术、交锋思想，孙伟科老师相信，陈教授的演讲一定会让大家备受启发、获益匪浅。

陈文新教授向孙伟科教授和其他各位老师致以问候，感谢红学论坛的盛情邀请，也感谢苗怀明先生、叶楚炎先生拨冗支持，对自己有机会到"红学的大本营"作学术分享表示十分荣幸。正式开讲前，陈教授表明以"假如吴敬梓来评《红楼梦》，他会怎么说？"为主题虽有些新奇，但其所谈内容却十分平实，即《红楼梦》与《儒林外史》的比较研究。通常来看，两个伟大人物彼此间的了解一定比普通人更深入，陈文新认为事实未必如此。他注意到，胡适先生很早就对《儒林外史》和《红楼梦》有自己的评价，提出《红楼梦》的思想深度远不及《儒林外史》；此外，清代袁枚与吴敬梓当时都在江宁（今南京），曹雪芹也很可能在此地，据《随园诗话》的有关记载，袁枚是读过《红楼梦》且一定对之有好感的，但并没有任何读过《儒林外史》的迹象，这似乎能够说明他对后者的认可度不如前者高；再者，北宋司马光与苏轼是同一时代的两位伟人，人品学问均高，却对彼此的人生理念和学术理念并不认同，理念的差异导致了两人僵持一生的别扭与纠葛。据此，陈文新提出一个问题：伟大人物间互相认同的难度可能更大。至于其中缘由，他认为可能是因为他们在某方面的深度达到了常人无法企及的程度，所以在理解、认同别人上反而更难，古人所谓"善写者不鉴，善鉴者不写"（会写、写得好的人不要去品味他人的作品，因为可能已经失去了平常心；能够对所有作者做出公允评断的人最好自己不要动笔写，因为"出乎其外"更能保持平常心和对所有文学现象、人生现象的理解能力）即是这个道理。基于以上，陈老师对本次所讲主题作如下理解：如果站在《儒林外史》的立场，是否能够接受《红楼梦》？（这主要关注吴敬梓的观点，为平衡吴、曹，陈老师预告他将在 10 月下旬山东师范大学校庆期间另讲"假如曹雪芹来评《儒林外史》，他会怎么说？"）同时，他也幽默地申明，本次讲座如对《红楼梦》产生看法和批评，仅是吴敬梓的立场和观点表达，并不代表其本人的意见。接下来，陈教授分三个方面展开陈述：

第一，吴敬梓对《红楼梦》整体理念的评断。

吴敬梓最想对《红楼梦》作者曹雪芹说什么？陈文新推测："没想到你竟把逸士高人、情痴情种混为一谈。"这就涉及曹、吴二人对逸士高人的具体理解。他指出，在《红楼梦》第二回中，曹雪芹特意设计了贾雨村与冷子兴的对话，而贾雨村话语中的相当部分是代表曹雪芹说的。在那段话中，贾雨村将全人类分作三类：第一类是仁人君子，诸如尧、舜、禹、汤、孔子、孟子、朱熹等历史上的圣贤；第二类是大凶大恶，如夏桀、商纣、秦桧等坏人；前者致力于匡扶天下，后者则祸乱天下。第三类由前两类人中的部分元素合成，既非仁人君子，也不是大凶大恶，根据出身境遇的不同，这类人还能再分为三小类：第一类，出身特别高贵，生于公侯富贵之家，一定是情痴情种，如历史上的陈后主、唐明皇、宋徽宗等；第二类，生于诗书清贫之族，即为逸士高人，如阮籍、陶渊明；第三类，"生于薄祚寒门，甚至为奇优、为名娼，亦断不至为走卒健仆，甘遭庸夫驱制"，这类人社会地位虽低，却有一身傲骨。陈老师指出，《红楼梦》实际上只写了三类人中的一种，即"情痴情种"（贾宝玉），或者说主要是写这一种人，同时兼顾逸士高人和薄祚寒门之辈（如蒋玉菡、秦钟等身份地位较低之人），曹雪芹认为他们可与贾宝玉归为一类。

由此引出一个问题：在曹雪芹笔下，为何将逸士高人和情痴情种归为一类？据陈文新猜测，曹雪芹在这样写时，可能想到了关于阮籍、陶渊明的重要事迹或重要作品。比如大家都承认写过《大人先生传》的阮籍是逸士高人，但在其流传甚广的事迹中，却有这样两件事：其一，当他得知邻居中一位长得好看的兵家女早夭后，即使平日没有往来，也特意伤心地去哭了一场；其二，阮籍常去酒店喝酒，喝得畅快时就靠着漂亮的老板娘躺下，其丈夫本怀疑他居心不良，后来却发现这不过是他表达特别感受和眷恋的方式，并没有不轨念头。在陈教授看来，这类事情是可以被解读为情痴情种的，因为他对世间美好事物和美好事物的逝去都表达了一种特别深厚的感情，这正是贾宝玉的特点。再如写下"采菊东篱下，悠然见南山"的陶渊明，是中国诗人中最受推崇的隐士之一，但其《闲情赋》却较少受到关注，陈文新指出，《闲情赋》之意，就是把内心不该有的感情控制住、关起来。他指出，《闲情赋》先劝后讽（赋的一般写法），在劝的结尾部分决心不再与所喜爱的女子来往，也有似于贾宝玉断然出家的选择，两者的结局是吻合的。所以，从曹雪芹的角度看，因为这两类人存在内在联系，所以把逸士高人和情痴情种连在一起是天衣无缝的。

作为《儒林外史》作者的吴敬梓，会像普通人那样认可此观点吗？陈教授认为是不会的。《儒林外史》中也写了很多逸士高人，比如令人印象深刻的庄绍光，其名是比照东汉初年的严光（即严子陵，本姓庄，因避汉明帝刘庄讳而改姓严）而得，"绍"意继承，故庄绍光为严子陵的继承者。严光拒绝入朝为官，汉光武帝为保其衣食无忧而以富春山赠之，他便隐居于此数十载，是中国历史上著名的逸士高人；庄绍光也曾得皇帝青睐，皇帝亲自向他请教国家大政意见，他应该有机会做官，只是他以回乡为由放弃了，皇帝就以玄武湖为赠礼送给他。陈老师指出，这样的举动与汉光武帝赠礼严子陵异曲同工，借以说明庄绍光是《儒林外史》中典型的逸士高人。其后，陈文新老师继续发问：吴敬梓如此写逸士高人，赋予了庄绍光何种内涵？陈老师分析如下：

其一，庄绍光不是一位孤立的逸士高人，还把杜少卿也变成了逸士高人。《儒林外史》在写到两人时，特别强调了他们都对自然风景有特别的眷恋和关注，譬如杜少卿曾偕夫人到清凉山游玩，还特意借姚园小憩；而庄绍光以玄武湖为家，曾在喝酒读诗时对夫人说："你看这些湖光山色都是我们的了！我们日日可以游玩，不像杜少卿要把尊壶带了清凉山去看花。"陈老师指出，此处包含两个典故：一是王徽之爱竹，听闻有人家中竹林长得极好，便径自前去欣赏，满足后又率然离开。二是唐代陈羽有诗言"云盖秋松幽洞近，水穿危石乱山深。门前自有千竿竹，免向人家看竹林"（《戏题山居》），即是借此典故表明自己比王徽之更风雅。他认为，这两个典故与庄绍光、杜少卿的相关情节照应，可见，《儒林外史》是将庄、杜二人都视作逸士高人来塑造的。

其二，至于他们在品格上有何种特点，陈文新注意到，《儒林外史》中所有的逸士高人虽都不在乎世俗社会的名利，但并没有放弃自己的社会责任，总想为社会生活的移风易俗作出贡献。据此，陈教授指出，吴敬梓写庄绍光、杜少卿等人，实际是要树立人格表率，让人们知道读书人应当保持清高，但"清高"不是为了逃避社会责任，反倒是要承担社会责任，影响社会风气，用《儒林外史》中有人评虞博士的话，即"虞博士并不强求要人怎么做，但人们看了他的所作所为，听了他的所言所论，就不好意思再做那些贪名图利的事"。将此例结合严子陵的历史评价看，就引出一个历史争议：隐士对社会生活有何价值？陈文新提到，虽有议论称这类人一无是处，但也有人认为他们才是支撑社会风气的中流砥柱，如北宋黄庭坚《题伯时画严子陵钓滩》称"能令汉家重九鼎，桐江波上一丝风"，即感慨严子陵影响东汉士大夫重视名节的榜样作用；与之相应，明代士大夫之不如东汉士大夫，是因为永乐皇帝篡位后处死耿介的方孝孺等人，亲手摧残了士大夫的节操，故明亡时少有士大夫殉节。以此两事实对比，陈教授得出结论如下：较之于为官者，那些不入仕的逸士高人对社会风气的改善往往能起到更大、更深远、更显著的影响和作用。

由此可见，在吴敬梓的《儒林外史》中，逸士高人所秉持的其实是儒家理念，与《红楼梦》中逸士高人的"情痴情种"理念完全不同。所以，陈教授猜想，如果曹、吴二人有机会对话，吴敬梓一定会对曹雪芹表达不满。

第二，吴敬梓对贾宝玉的看法。

陈文新认为，如果吴敬梓读了《红楼梦》，他可能会对其主人公贾宝玉这样说："大观园不应该是你的安身立命之地。"对此，他从三个小点细谈。

首先，大观园的特点。在陈教授看来，大观园可以说是一个"特殊形态的后花园",是从以前戏曲、小说、诗文中的"后花园"演变而来的。他注意到杨绛先生曾在《艺术是克服困难——读〈红楼梦〉管窥》一文中提及一个有趣现象:中国古代男女间的恋爱因受社交不自由的限制,通常会采取一些带有喜剧意味、不够流畅的方式,如男扮女装(或女扮男装),但这谈不上是双向恋爱,因为总有一方被蒙在鼓里;再如人与仙(狐)也不是正常恋爱,因为有一方不是(常)人;又如士大夫与青楼女子恋爱,由于身份不平等,也不是正常交往;此外,更常见的是一见钟情,即见面就不放手,穷追猛打直至结成婚姻(因为机会难得)。从以上几种情况看,陈文新认为中国古代的恋爱描写谈不上真正意义上的恋爱,而《红楼梦》竟能设计出一个大观园,让贾宝玉与女孩们在同一空间中有相对自由的来往和了解的机会,在此意义上,可以说《红楼梦》的恋爱描写具有现代意味,是基于长期交往、了解而确立的恋爱关系。

其次,《红楼梦》赋予了大观园何种意味?陈教授指出,《红楼梦》所赋予大观园的,是宝玉愿意一生都消磨于其中,或说他愿意在园中度过一生,不愿走出大观园。后来的离开实际是被迫的,所以在不久后他便离家出走,消失于正常生活中;换句话讲,宝玉是将大观园视作其安身立命之地,此地之外,他都不愿与之有(密切)联系。当然,陈教授也表示,这并不一定是曹雪芹完整的意思,因为他还另写了走出大观园的甄宝玉；不过，他也强调，《红楼梦》确实是以贾宝玉为主角，对甄宝玉的态度既谈不上重视，也谈不上好感。

最后，之所以推断吴敬梓一定会对贾宝玉说这句话，陈文新指出两点原因，也即吴敬梓在《儒林外史》中特别强调的两点：一是作为社会生活中的男性，在世上首先要完成对家庭的责任。吴敬梓最为看重虞博士，并反复强调他所做的一切重要决定均与养家糊口有关。因此，假如吴敬梓读了贾宝玉的故事，第一个想法就会是他应该承担起家庭责任，为家里众人的生计考取功名，因为这是古人重视的基本伦理。二是读书人也不能回避对社会的责任。譬如在描写祭泰伯祠时，吴敬梓让在他看来有分量的人物都参与到此事当中，特别是以其本人为原型的杜少卿单独捐出 300 两银子举办祭泰伯仪式，其用意非常明确：为社会生活树立表率——泰伯是众人学习的典范。可见，吴敬梓仍然是强调读书人应当着眼于移风易俗、影响社会风气的。陈老师认为，如果注意到吴敬梓这样的理念，那么，当他知道贾宝玉只在乎大观园之内而对其外的家族和社会不甚在意后，可能就会要求贾宝玉走出大观园，承担起家庭和社会责任。

第三，吴敬梓对林黛玉的看法。

陈老师继续推测，认为吴敬梓可能会对林黛玉说："我不明白你要的究竟是恋爱还是婚姻。"陈老师指出，吴敬梓在《儒林外史》中显然是把婚姻与恋爱当作两件完全不同的事，两者绝不能混为一谈。在这里，陈教授从两个方面进行讨论。

首先谈传统社会对婚姻的看法。陈文新指出，传统社会中，婚姻主要是一种社会关系，所谓"五伦"，在本质上就是五种重要的社会关系——君臣、父子、兄弟、朋友、夫妇，这五种关系处理得好，社会就处于健康稳定的状态；如果没有处理好，社会就一定会混乱。婚姻是出身于不同家族的两人间的契约，其签订基础是两个家族（包括当事人在内）认为这样的结合是合适的，故也是两个家族签订的协议，正因为如此，古代社会强调"父母之命，媒妁之言"，也就是强调在家族、社会看来一对男女的结合是很正常的。所以，传统社会中的两性结合不以感情为基础，且结合后不是为了谈一场恋爱——即使后来有了很深的感情，也只是在赡养老人、抚养孩子的同甘共苦过程中产生的亲情。婚姻契约的内容之一是两人结合的条件基本对等，但无法保证未来双方不发生变故，故此契约还包含着双方不能因为变故而离婚；另一个内容是两人必须协力赡养老人，抚养孩子，让孩子接受正当教育，有能力进入社会生活。陈老师认为，之所以将这些责任加在夫妻双方身上，是出于现实的考虑：假如天下夫妻都不承担责任，社会就会混乱。

基于以上，陈教授指出古代社会在"五伦"中强调的婚姻，基本与恋爱不沾边，但也不完全排斥恋爱（如小家庭儿女在双方父母默许的情况下交往），而是将恋爱纳入婚姻的框

27

架，在婚姻与恋爱间有一个自然的衔接。但对于大家族而言，这基本是不可能的，且对于大多数家庭来讲，也不具备这样的条件。所以，传统社会的婚姻与恋爱基本不存在衔接关系。

其次再看传统社会的恋爱。它的另一说法为"风怀"，比如清初的朱彝尊与姨妹相好，写了大量"风怀"主题诗。陈文新强调，中国古代发生"风怀"的大概率场所不在普通人的日常生活中，而往往是在青楼那样的特殊地方。在他看来，青楼中的年轻女子是可能与才学、风度兼备的读书人产生感情的，唐传奇就有大量这样的书写，如《霍小玉传》。因此，在中国传统社会中，恋爱不影响别人，只是两个人的私生活，大概率是不受重视的，诸如明末清初的钱谦益、陈子龙都有这样的恋爱经历，社会虽然并不因此指责他们，但也不会视之为重要。

明白传统社会中婚姻与恋爱是两件很不同的事情，就能够理解吴敬梓对它们的严格区分。《儒林外史》中他承认婚姻是有价值的，虞博士、庄绍光、杜少卿有家也有夫人，凡是夫妻关系好的，丈夫就是值得敬佩的；凡在青楼中有所寄托的，则是有问题的。在他笔下，青楼女子几乎没有动机纯良的，所谓"风怀"也只是利益的交换。因此，假如吴敬梓作为读者，就很可能会注意到《红楼梦》中林黛玉在恋爱与婚姻之间的取舍有时是不清晰的。比如，49回前，林黛玉给人的感觉是她最在乎与宝玉的感情、宝玉对她是否认真，而不太关注宝玉以后会不会娶她。她对宝玉的了解甚至比读者深，在我们看来，宝玉对婚姻有强烈恐惧感，因此凡是要出嫁的女子在他看来都是跳进了火坑，他所知道嫁人的女子都没有好结果，而迎春的出嫁，则是他恐惧婚姻的强烈表达，对每个女子到了结婚年龄这件事情都会异常敏感。陈教授认为，黛玉对这一点应当是有所了解的，如第三十二回，当黛玉在窗外听到宝玉对湘云和袭人说"林妹妹从来说过这样的混账话不曾？若她也说过这些混账话，我早和她生分了"，便确信了宝玉只与她有心心相印的关系。此回后，黛玉就不大为宝玉吃醋了，譬如第四十二回、第四十九回，林黛玉不再介意宝玉与湘云单独相处，也不再对宝钗设防等。这里所引出的问题是：使黛玉自信的，究竟是恋爱还是婚姻？

在陈文新教授看来，只有恋爱的自信才能让她放心宝玉与其他女子打交道，婚姻的自信不能给她这样的支撑，因为如果是为了婚姻，她无法确定得到的家族支持力度是否一定能够超过宝钗、湘云。但后来的情况似乎不一样了，当丫鬟明确挑出婚姻的事情后，黛玉不明不白地生病，似乎与婚姻直接有关，"焚稿断痴情"虽是因感情被辜负，但也明显与对婚姻的失望联系。基于以上，陈老师假设，如果吴敬梓知道这个故事，可能会觉得黛玉对两者间的界限没有区分清楚。或者说，曹雪芹有意对两者做了模糊处理，而这种处理是吴敬梓无法接受的。

归纳以上三个问题，陈文新老师总结一点，即曹雪芹和吴敬梓是两位很不一样的作家，他们的人生理念和小说理念都有相当大的不同。因此，他重申本次讲座不是价值判断，更不是批评曹雪芹写得有问题，而是讨论在人生理念、小说理念均不相同的另一位作家眼里，会觉得《红楼梦》的哪些内容是无法理解和接受的。这不代表陈文新本人的态度，而只表明曹、吴二人确实有很多不同。此后，陈老师对在线观众的耐心聆听表示感谢，尤其感谢苗怀明老师与叶楚炎老师的支持，以及孙伟科老师、石中琪老师的费心安排。

接下来，在孙伟科老师的组织下，苗怀明教授、叶楚炎副教授分别就个人收获和感受与陈教授展开对话。

叶楚炎副教授首先向论坛的邀请致以感谢，让自己能够借此机会向陈老师和苗老师请教，随后谈到自己的学习启发。叶老师提到，现在对经典名著的阅读可能存在一些问题，即较深入的研究都对名著作割裂处理，他认为这是需要反思的。叶老师赞成一种以共融、比较的视野进行阅读和研究。但他也注意到一个难题：普通阅读可能相对容易实现共融、比较阅读，而深入的研究就比较难做到。因此，要做到既共融比较又深入探讨，更是存在一定难度。所以在叶老师看来，陈老师的讲座所带来的最大启发就在于如何进行这样的研究、如何进行深入探讨，尤其是陈老师提供了很多探讨途径。对此，叶老师总结了两个关键词：一个是文化传统，另一个是小说传统。在他看来，《红楼梦》和《儒林外史》本身具有很多便利性和天然特性可以放置在一起进行探讨。叶老师表示，他此前致力寻找两位作者的直接交集，虽暂时没有发现，但他在两者之外找到了二人的共同交游对象，即诗人张宾鹤，也算是令人欣喜的意外收获。只是这还不足以证明两位作家是有直接联系的，建立不起联系就意味着两部小说的创作并不存在互相影响的关系，也就是说成书时间相近的两部杰作可能只是两位天才作家的偶然触发。但他也强调，在小说研究中应该淡化这种偶然性，看到偶然背后的必然——即使找不到两者间互相联系、影响的实际证据，但将其放置在整个小说史发展演进的背景下，偶然性背后一定存在某些必然因素的支持。叶楚炎指出，两部小说的写作和成书可能都与小说演进的必然趋势相关，只不过是落实到了两位天才作家的天然才性上。他认为，这样的二者合观可能利于我们更加清晰地审视和观照这两部小说的写作和特质。此外，叶老师还倾向于认为两部书是互补的：《儒林外史》是为士人写史，《红楼梦》则是为闺阁立传，分别偏向男性世界和女性世界，彼此间是可以互补的；此外，《儒林外史》偏向家庭和家族之外的、以士人为主的社会生活，对社会生活有更为广泛的呈现；《红楼梦》更偏向于家庭和家族内部的生活状况。两幅图景拼接在一起，也可以构成我们对18世纪社会生活景象及其小说化图景的完整认识，因此，叶老师认为，把两部小说放在一起进行合观、探讨，是具有充分可能性的。不仅如此，他还注意到两部书是互为镜像的，可以从此照见彼，并指出其效果是单看一部书所达不到的。叶老师对陈教授讲座过程中所讨论的婚姻问题也十分感兴趣，认为陈教授对恋爱与婚姻的区分很有必要，指出我们对明清之际恋爱的想象主要来自其时的小说和戏曲，更表示以小说呈现的状况为基础而进行的想象是有问题的，因为这些作品中的恋爱都是以婚姻成就为结局，恋爱成为婚姻的基础，但实际情况却正如陈老师的结论所言，两者完全没有关系，恋爱对婚姻而言是一种奢侈品，很多状况下是不可能有的。叶老师认为以婚姻与恋爱的区分为视角来解读这两部小说是重要的，其后，他还以此为切入点，分别从时间和空间解读了《红楼梦》中宝、黛婚姻的先声和大观园造就的基础；也尝试性地解读与设想《儒林外史》中恋爱书写的可能性。基于讲座中的收获与启发，叶老师最后还分享了他更进一步的个人思考：一、《儒林外史》更注重表现士人在科举方面的追求，但婚姻和家庭生活也是重要内容（且与科举主题合拍），其所表现的不仅是婚姻、家庭本身，还是以科举为代表的功利性思维对家庭和婚姻的异化。二、《儒林外史》之所以不写情感、恋爱，他认为也与这一主题相关，吴敬梓之所以避写士人情感，因为情感的缺失、钝化正是士人异化的表征。三、《红楼梦》与《儒林外史》的比较研究是非常有意义的，但其中不牵涉优劣问题，而是要看到它们立足于 18 世纪小说写作传统所体现出的共同特征和对小说传统与文化传统的不同取舍。

　　苗怀明教授在评议阶段谈了自己的体会，认为陈文新教授从吴敬梓的立场评价《红楼梦》，分别对曹雪芹、贾宝玉和林黛玉说的三句话别具巧思，抓住了《红楼梦》与《儒林外史》的核心思想和作者流露出的价值观、人生观。苗怀明老师指出，陈教授注意到了两者间的重要区别，即吴敬梓有强烈的道义感，代表一种入世精神；而《红楼梦》中的逸士高人、贾宝玉、林黛玉也面临责任的选择，但更多的是一种出世精神。他认为这样的比较很有意义，两部作品于同一时期成书，且有共同关注的话题。两位作家以同样的形式探讨的话题，而陈老师主要关注的是思想，即作者的价值观、人生观，因为价值观念不同，所以切入角度就会有差异，写作手法、风格等也会各有特征。再者，陈老师讲座的论题是有背景的，也即叶楚炎老师提到的中国小说史背景和文化背景，这个背景对《红楼梦》研究很重要，因为现在红学研究往往是就《红楼梦》说《红楼梦》，过分强调其"百科全书""集大成"的属性。而陈老师所进行的比较，让我们看到两部都是伟大的小说、两部作品均是经典，站在吴敬梓的角度，《红楼梦》可能有很多缺点；当然，站在曹雪芹的立场，《儒林外史》的写法也可能存在更多问题。这样的对比探讨让我们明白：伟大、经典可以有很多种。这涉及研究方法和对作品的评价。苗老师认为，陈教授对两部小说进行的对比评价启示了中国小说的丰富性和复杂性，因此，不要期待在一部小说中看到一切，更不要将《红楼梦》孤立起来。

随后，孙伟科教授还邀请曹立波、井玉贵、刘相雨几位专家与在线嘉宾对话，分享他们的收获和思考。井玉贵老师赞同叶楚炎老师的观点，认为对待《红楼梦》《儒林外史》等巨著，一定要联系文化传统进行解读。在他看来，这些作品之所以被称作一流名著，在于它们既能真实描绘其所处时代的史实，更具有一种历史的超越，与历史文化传统有深度契合，所以能够深入人心，启发不同时代读者进行思考、产生体会。另外，陈文新教授在论述中提及的人物原型考证也启示井老师进行更为深入的工作，即曹、吴如何在人物原型的基础上构建他们的艺术世界，将历史文化的纵深感显露出来，在研究《儒林外史》《红楼梦》时，要注意"以小见大"，把人物塑造与历史文化结合起来，这样才不会辜负作家们的一片苦心。曹立波老师也非常认同陈文新老师对两部小说诸如家庭责任、爱情与婚姻关系等问题的品读，她认为在《红楼梦》的写作中确实存在着爱情与婚姻关系的选择性、过程性，这些维度在以后的《红楼梦》解读中值得进一步思考。同时，对叶副教授基于陈老师的主题归纳的两大传统，曹老师认为还有很大的探讨和思考空间。同时她也提到以往更倾向于将《红楼梦》与《三国演义》《西游记》尤其是与《金瓶梅》相比较，如今则更进一步地将《儒林外史》纳入它的对比视野中，而以后在比较六大古典小说时，不仅不要略过《儒林外史》，还当进一步考虑它的内容。刘相雨老师认为陈文新教授从文艺批评的角度深入解读《儒林外史》和《红楼梦》，呈现出二者对婚姻问题和爱情问题关注点的不同，很具有启发性。

进行总结前，孙伟科老师继续邀请陈文新教授与在线观众进行学术互动，陈老师针对大家的疑问逐一做出解答。随后孙伟科也简要谈及自己的感受，他认为陈教授将《儒林外史》《红楼梦》和两位作家作对照，是以"诗心会诗心"，从一位作家看另一位作家并能够总结出不同，需要在非常深入文本（即捕捉到作者心灵）的前提下方能达到，是深入研究的结果。所谓"愈广大愈精微"，陈老师讲逸士高人与情痴情种不同，男人的责任意味着他需要走出"大观园"；又讲古代婚姻与爱情的分离，是当时现实情况的反映。孙老师认可相较于《红楼梦》更具诗性的虚幻空灵，《儒林外史》的现实性、批判性、揭露性均强，故胡适认为《儒林外史》的思想性、小说结构的完整性都超过了《红楼梦》。吴敬梓和曹雪芹为同时代的人物，创作出两部伟大著作，但对中国社会的现实，以及对现实的呈现如此不同，陈老师精细地研究两者的不同，并在文本中突出它们的特殊关系，是非常难得的，也是极具启发性的。对这次论坛的主题讲授，孙老师总结说：陈老师的讲座内容扎实而深刻，讲述方式娓娓道来，直通人心，相信大家一定也是受益匪浅。最后，孙伟科教授再次对陈文新教授的辛苦主讲、苗怀明教授的精彩评议和叶楚炎副教授的深入对话，以及曹立波、井玉贵、刘相雨各位老师的智慧贡献致以诚挚感谢，随即宣布本期论坛圆满结束。

中國藝術研究院

红学论坛 2020 · 第 三 期

《红楼梦》整本书阅读的
理念与实施

时　　间：2020 年 10 月 22 日 13:30—16:00

主 讲 人：俞晓红

与 谈 人：詹　丹

学术主持：石中琪

学术总结：孙伟科

2020 年 10 月 22 日 13:30—16:00，由中国艺术研究院红楼梦研究所与《红楼梦学刊》编辑部共同主办，中国艺术研究院研究生院中文系、艺术学系倾情协办的"中国艺术研究院红学论坛"第三期仍在网络平台按时召开。本期论坛以"《红楼梦》整本书阅读的理念与实施"为主题，由安徽师范大学文学院俞晓红教授主讲，上海师范大学人文学院中文系詹丹教授与谈，中国艺术研究院红楼梦研究所石中琪副研究员担任学术主持，中国艺术研究院红楼梦研究所孙伟科教授负责学术评议。论坛议题紧扣红学热点，也受到海内外众多专家学者尤其是国内中学语文界的格外关注，通过腾讯会议和哔哩哔哩平台关注本系列论坛并积极参与学习与讨论的热度持续上升。闵虹、赖振寅、李成文、谢依伦、张玉明、刘永明、张颖、李虹、王慧、何卫国、胡晴、严景东、肖红英等专家及中国艺术研究院研究生院、安徽师范大学、上海师范大学的众多师生都以不同形式直接参与了本期论坛，马来西亚马来亚大学、新西兰海客谈瀛洲读书会也对本期论坛进行了实况转播。

论坛开场，主持人石中琪老师首先重申红学论坛的理念和宗旨，并简单回顾了前两期论坛的盛况。随后，他对本期论坛主讲嘉宾俞晓红教授、与谈嘉宾詹丹教授以及学术评议人孙伟科教授进行介绍，并对三位学者能够应邀出席致以诚挚感谢。安徽师范大学文学院副院长俞晓红教授是中国红楼梦学会常务理事，中国儒林外史学会常务理事，担任 2015 年度国家精品资源共享课、2018 年度国家精品慕课大学语文负责人，荣获 2014 年度全国三八红旗手，安徽省 2019 年度教学名师、2020 年首届教书育人楷模等多项荣誉；在各类学术刊物上公开发表论文 80 余篇，主持省部级及以上项目 20 项，出版多部学术专著，成果斐然。上海师范大学人文学院中文系詹丹教授是中国红楼梦学会副会长，上海市古典文学会副会长，光明网文艺评论频道"名家评红楼"专栏作者，是在学界非常有影响的红学专家。孙伟科教授是中国艺术研究院红楼梦研究所副所长、《红楼梦学刊》主编，兼任中国艺术研究院研究生院艺术学系主任，国务院学位委员会第八届艺术学理论学科评议组成员，中国红楼梦学会副会长，也是"中国艺术研究院红学论坛"的项目负责人。三位老师都是知名的红学家，早为大家所熟知。紧接着，石中琪老师向观众介绍了"《红楼梦》整本书阅读"这一话题的缘起与背景：2018 年年初，教育部颁布《普通高中语文课程标准（2017 年版）》（以下简称"新课标"）已涉及关于整本书阅读与研讨的任务，并将《红楼梦》作为学习任务备选作品，2019 年新版高中语文教材高一下册增加关于《红楼梦》整本书阅读的单元。2020 年中国红楼梦学会被列为国家社科基金重点联系全国性社科学术社团，获得国家社科基金社科学术社团主题学术活动资助资质，即向全国哲学社会科学工作办公室申报了"《红楼梦》整本书阅读系列研究"课题，并已获得立项。红学论坛关注学科前沿和社会热点，三位老师对此也均有深度研究和参与，石老师相信他们的学术分享与交流探讨一定会让大家深受启发、获益良多。

俞晓红教授向石老师和各位老师以及线上观众致以问候，感谢红学论坛的盛情邀请，也感谢詹丹老师和孙伟科老师的支持。首先，俞教授通过阐释《红楼梦》整本书阅读的理念与实施"的概念源流，向大家展示关于"整本书阅读"理念的深刻意义。早在 20 世纪 30 年代，夏丏尊先生提出阅读教学应该是对"整册书的阅读"，1995 年联合国教科文组织将每年的 4 月 23 日作为"世界读书日"，2017 年教育部则将"整本书阅读与研讨"写进中学语文课标，并将《红楼梦》列为阅读书目。"整本书阅读"问题在近两年的讨论中显示出较高的关注度，尤其在高中语文必修下册第七单元就已指定对《红楼梦》进行整本书阅读，近年来成为诸家语文刊物的热点话题，足见经典名著的整体阅读与研讨是何等重要。俞教授表示，她从去年就开始关注这一话题，通过阅读文献，她发现多数对"《红楼梦》整本书阅读"的讨论都缺乏整本书阅读的理念和高屋建瓴的视野，很少尝试阅读的体系构建、实施方法和方案规划，不少论者自己还没有来得及全面通读并深刻理解《红楼梦》文本，就已经公开发表对这一问题的整套看法或指导意见。从当前知网文献资料来看，依旧存在热衷于运用外部手段如影视剧、百家讲坛、演员海选等激发阅读兴趣的方法，而不是正面引导学生阅读原著文本。俞教授指出，读者使用上述方法不免会产生很多困惑：程乙本是适合中学生阅读的最佳版本吗？以影视剧片段导入小说文本的阅读，真的可以提升阅读本身的质量和层次吗？开展"知识竞赛"能够促进名著的"整本书"阅读吗？通过细读某个片段文本去推动对其他部分文本的理解的"以点带面"法，是科学且合适的吗？最关键的问题是，带有指导意向的诸多文章，本身是否具有"整本书阅读"意识，或者意见本身是否有过整体的构建？

针对这些问题，并结合日常与中语界教学一线老师的沟通，俞老师形成了关于《红楼梦》整本书阅读理念的实施与方法论。基于以上，俞教授通过四个问题对"《红楼梦》整本书阅读的理念与实施"进行阐释。

第一个问题，什么是"整本书阅读"？

俞教授首先具体阐释了"整本书阅读"的概念。"整"在她看来就是"完整""整体"，"整本书阅读"就是要完整地阅读一本书，并作整体性的理解与接受。整本书的"书"则要选择古今中外，具有典范性、权威性的经久不衰的传世名作，读书就是要读经典、读名著。

俞教授认为，此主张是针对应试教育背景下，长期的片段阅读、片面阅读而致的支离破碎的"语文"体验所提出的一种弥合缝隙、纠偏正误的补救或挽救办法。这对于弘扬母语文化、提升中学生的核心素养具有十分重要的价值。她指出，生活在"微时代"的我们，阅读能力、肢体功用正日渐消减，碎片化、浅表化的快餐式阅读无助于养成完整阅读、纵深思考的良好习惯。因此，阅读的对象应该是书，而不是影视剧或其他。以《红楼梦》影视剧导入《红楼梦》研讨课的做法在当今的语文教学中并不少见，讨论影视剧表演艺术的高低、让学生身体力行模仿或创新表演的文章随处可见，但是这不是对整本书的阅读。她认为，对剧作的熟稔、对剧作质量和演技水平的评判，不能代表或代替对整本书的"阅读"。至于相关史料，教师应该基于事先阅读并消化、吸收，在带领学生研讨过程中随时给出指导说明。

因此，俞教授对"整本书阅读"概念进行总结，指出"阅读"就是要读原著。触摸纸质书，翻页阅读，感受文字，读懂整个故事情节，认识故事中鲜活生动的人物，进而认识当时的社会人生，思考名著主题，对名著的语言文字做多元化的审美鉴赏。

第二个问题，整本书阅读为什么一定要选择《红楼梦》？

关于这一问题，俞晓红教授从三个方面进行阐释：第一，阅读《红楼梦》整本书是实践课标的新要求。我国高中语文新课标要求学生学会正确、自主地选择阅读材料，读好书、读整本书，多媒介获取信息，提高文化品位，提高阅读与表达能力，要求必修阶段各类文本的阅读量不少于150万字。同时在新课标的附录二列出的部分课内外读物中，《红楼梦》就在其列。俞老师进而从阅读的质和量两个方面，阐释了新课标对整本书阅读的明确要求。从阅读的质来看，《红楼梦》是一部经典好书，是需要进行深刻阅读的书，学生对《红楼梦》的了解不能局限于课本中的名著选段，除语文教材中的"林黛玉进贾府"外，还应阅读整本名著，以此提高学生的阅读能力，开阔学生的视野。从阅读的量来看，各类文本阅读量的最低要求是达到150万字，而以小说类文本为例，仅《红楼梦》就有113万多字，通过阅读《红楼梦》整本书，可以促进新课标任务的顺利实施。第二，阅读《红楼梦》整本书是提升中学生素养的新台阶。教育部规定中学语文的核心素养在于语言建构与应用、思维发展与提升、审美鉴赏与创造及文化传承与理解四个方面。通过阅读《红楼梦》，学生们可以从文本中分析《红楼梦》语言的精彩，学习借鉴曹雪芹的语言艺术，学以致用，提高写作技能，提升学生的思维能力，形成正确的审美意识和情趣，增进中学生对古代社会政治、经济、文化、生活的了解，启发学生对传统文化初步的理解和继承，并在此基础上有所创新，将优秀传统文化发扬光大。第三，阅读《红楼梦》整本书是适应高考的新趋势。俞教授通过对江苏、北京的高考题的总结统计，发现历年高考，不同省市都不同程度地涉及对名著阅读的考查，分值不等。尤其是江苏省自 2008 年起，增加了独具地方特色的分值为 40 分的文科附加题，在整卷构成中，名著阅读题占总分的9.4%；而在名著阅读题里，《红楼梦》的阅读题几乎是必考的，约占名著阅读题总分的 40%。而北京卷也从 2017 年开始在"微写作"题型中涉及《红楼梦》，足见《红楼梦》整本书阅读在高考题中的重要性。俞老师推测，随着整本书阅读越来越火热，随着教育部的要求进一步地推广实施，未来其他省市高考一定会陆续出现此类倾向。各大中学校需要从现在开始，推动《红楼梦》整本书阅读活动，调动学生阅读的积极性，帮助学生养成良好的阅读习惯，教给学生有用的阅读方法，慢慢提高整本书阅读的质量，渐次培养学生举一反三的能力。

第三个问题，《红楼梦》"整本书阅读"的目标是什么？

俞晓红教授认为，《红楼梦》"整本书阅读"要先从版本选择、前言通读、回目研读三个方面开始。她表示，20 世纪 70 年代末，由人民文学出版社出版、中国艺术研究院红楼梦研究所校注的《红楼梦》是校注成果最为丰富的版本，也是多数红学研究者习用的文本。通读前言，有助于了解名著创作的时代背景、作家生平和作品内容；研读回目可以概览式接触作品的整体框架。但仅仅是回目的诗意化和概括性阅读，不足以让中学生通盘把握作品的具体情节和人物形象，因此，《红楼梦》整本书阅读需要建构阅读体系与框架。对此，俞教授从五个方面展开说明。

一是要解读前五回的纲领作用。俞老师认为，前五回是从不同方面交代故事发生的时空背景，展示贾府复杂的人事关系档案，预示小说主要人物的命运遭际，正确解读前五回有益于理解文本的主体内容和情节走向。第一回以现时的甄家小荣枯隐寓未至的贾家大荣枯。顽石美玉和神瑛侍者的下凡历劫故事，寓示贾宝玉人生道路的悲剧；神瑛侍者下凡造缘、绛珠仙子下凡偿债的故事，预示贾宝玉、林黛玉的爱情悲剧，为整本书奠定了一个叙事的高起点。第二回从冷子兴的视角粗线条地勾勒贾府核心的人事关系图，以"冷"眼旁观，指破贾氏家族衰败的根由，即子孙不肖、后继无人。第三回以其结构性的功能，区别于前一回从冷子兴口中听到概念化、符号化的名字，从林黛玉眼中看到具象化、立体化的形象，渲染贾氏诗礼簪缨之族的旧时荣光与今日气象。她指出，第四回以贾氏姻族当下的一荣俱荣，伏下后来的一损俱损，具有三个功能：一是将前三回的人事相关联，形成有机的人际关系网；二是通过门子对案件底里的介绍，推出四大家族"连络有亲"、荣损攸关的政治背景，将贾府放置在一个较大的社会框架内，从外部视点勾勒贾氏家族近围坐标系，与前一回林黛玉从内部视点扫描贾府人事核心圈形成互补；三是借助薛蟠人命案点燃导火线，致使薛家进京，而进京后的各种原因又使薛宝钗自然聚入贾府，与贾宝玉、林黛玉风云际会，从此逶迤展开了宝、黛、钗婚恋悲剧故事的进程。第五回则预告贾氏败亡、群芳离散，空余茫茫白地的最终局况，且以"红楼梦曲"呼应"好了歌解"，令太虚幻境对联再度出现，关合第一回。据此，俞晓红教授总结，前五回作为一个独立而完整的叙事单元，总括了整本书的情节走向、人物命运和主体层次，对全书整体建构起到设计、导引、钳制、掌控的作用，既是全书情节展开的铺垫，又占据了整本书构思的制高点。

二是要抓牢整本书的主线、主题。俞教授指出，抓住《红楼梦》"一种结构、两条主线、三重主题"有助于从整体上把握这部名著的情节框架与思想要义，可以从繁复的细节中提炼到全书的重点。《红楼梦》由两条主线关联起小说的网状结构，表达的主题也是"多义性"的、有多维的向度，而不是单义的或单向的。主线方面，俞教授表示，第一条主线是以宝、黛、钗婚恋故事为主体描述贾府内部主要人物的性格与命运。她相信曹雪芹已经完成了整本书的写作，只是出于不可知的原因导致八十回后的原本丢失。她认为，从文本角度来说，除宝、黛爱情悲剧外，后八十回还应有钗、玉的婚姻悲剧，即宝、黛悲剧占据小说前半部的主导地位，钗、玉故事也应在黛玉香消玉殒之后不断延展。另一条主线则是王熙凤理家史，以凤姐治家为主体构架，驱动荣、宁二府内外部纵横交错的关系，牵连起府内府外、主子奴婢、朝廷村野等社会关系的方方面面，描述了贾府由盛到衰的过程，起到了情节上的扭结作用。此外，俞教授以月钱问题、叮嘱平儿、戏言调节母子婆媳失衡关系等例，说明凤姐治家是贯穿故事情节始终的，这一主线渗透了《红楼梦》贾府生活日常。综上，俞教授进一步总结《红楼梦》表达的三重主题：第一，以贾宝玉为代表的贵族青年与时代要求相背离，绝意封建仕途、争取民主平等而不能实现的人生道路悲剧；第二，以钗、黛为代表的青年女子生不逢时、追求独立的人格与脱俗的思想而不得、无法自主个人命运的普遍悲剧；第三，以贾氏家族为代表的封建贵族世家因政治、经济、生活等多方面原因而致的从盛到衰的历史悲剧。换句话说，《红楼梦》在贾氏家族为代表的封建世家败亡悲剧的大背景下，展示了贾宝玉人生道路的悲剧和以钗、黛为首的青年女子的命运悲剧。

　　三是要聚焦小说文本的关键情节。《红楼梦》中一些"大过节、大关键"的重要情节，诸如可卿出殡、元妃省亲、宝玉挨打、黛玉葬花、探春结社、抄检大观园等，对整本书的故事进程和主题表达起到决定性的作用。俞教授从教学实践的角度，以可卿出殡、抄检大观园为例，并以"整本书阅读"为思考问题的起点，对《红楼梦》情节设计艺术进行解读。她指出，"可卿出殡"情节始终横贯于小说的 11 个章回，除以两个章回正面实写可卿死亡及其引发的种种，在情节开始前就早有铺垫：由秦钟、宝玉相见读书带出秦可卿的出身，宝玉、秦钟闹学引出贾珍、尤氏对秦可卿病由的讨论，随后通过王熙凤探病、秦可卿托梦、夭逝、出殡、停灵等一系列实写后，又带出秦钟之死以及宝玉对此事的哀痛，俞教授认为这一系列故事再加上被删去的淫丧天香楼的内容，体现了《红楼梦》"大过节、大关键"的叙事安排。其手法可概括为"远处蓄势，渐渐逼来""同类层叠，同质对举"。首先，"远处蓄势，渐渐逼来"是《红楼梦》惯用的情节经营手段，即相关人物和事件早早铺垫，后续情节余波又慢慢消退，在可卿出殡情节中，第七回到第十七回以平淡的日常生活场景有序推进直至关键时候爆发，显示了作者善于经营大情节的艺术功力。其次是"同类层叠，同质对举"，《红楼梦》作者亦喜欢将同类情节放在重要情节的前后，作为它的陪衬出现，内容相关、意脉相属。俞教授认为，作者为了突出秦氏之死，在第十二回正面实写了贾瑞之死，第十六回叙及林如海之死、正面实写秦钟之死，其中林如海之死是虚陪，秦钟之死是顺带而及，显示了连类而及的思维方式；贾瑞之死却是与秦氏之死相对应的重要情节，凸显了"同质对举"的艺术构思。

原文中跛足道人赠送贾瑞的镜子名曰"风月宝鉴",正面是美女,反面是骷髅,正是"红粉骷髅"的佛教人生观在小说情节中的衍化,也即庚辰本双行夹批所谓"好知青冢骷髅骨,就是红楼掩面人"的意思。她认为,贾瑞妄动邪思,死于风月的痴想;秦氏深陷乱伦,死于风月的缠扰,两个情节彼此对举,互为镜像。太虚幻境对联所云"痴男怨女,可怜风月债难偿",正道出贾瑞之死与秦氏之死两个情节"质"的规定性和同一性。综上,俞老师总结:即使是单个的情节,也须瞻前顾后,对相关叙事做关联性思考,不能在碎片化解析中迷失方向。她不赞成一些中学一线语文教师因津津乐道于可卿家世秘辛,在曾经喧嚣一时的"秦学"谬论中沦陷。所谓的秦氏出身格格说,不过是单向意淫《红楼梦》的产物,是以一种商品化解读的立场和姿态,在迎合大众化趣味的同时,削弱了经典名著的价值,扭曲了传统文化的艺术底蕴,消解了当代文化人对社会大众的人文关怀。她强调,一线语文教师应树起文化育人的高标,立足文本解读情节,祛除索隐本事的恶趣,教会学生理性思考,不诬名著,不负雪芹。

接着俞教授以"抄检大观园"的情节进一步说明上述观点。俞教授表示,抄检事件因果所带动的人物命运远远超出绣春囊的意义范围,从小说第七十一回到第八十回,作者通过三次抄检,将政治、经济、人事、群体等多方面的矛盾纠葛体现在"抄检大观园"情节之中。第一次抄检是贾母下令,抄检对象是上夜的老婆子们；第二次是由王夫人下令，王熙凤组队，由王善保家的、周瑞家的等五个陪房媳妇一起抄检，抄出司棋、入画的"赃物"；第三次是王夫人带队，抄检贾宝玉丫鬟们的屋子，导致晴雯出园的结局。俞老师表示，三次抄检因果相继、前后相属。抄检之前风波涌动、山雨渐来；抄检之后急管繁弦、呕哑嘲哳。作者用了十回笔墨涉及宁荣两府、政赦两房和次房，主奴两层的多个事件，展示了贾母、王熙凤、王夫人各异的管家理念与权限，集中表现了陪房的恶劣、丫鬟的不幸以及小姐的无奈。叙事之中有对比之比，实写之中有隐喻之人，铺叙之中有凸显之事。从整本书阅读的角度来说，有三点需要读者关注：第一，作者以十回的大占比叙述抄检事件，可知情节之重。第二，只有细读原著，三次迥然各异的抄检主导者、动机、队伍、层面、结果等方面的错位叙述才能够被体味。第三，应从整体角度思考这十回的叙述，才能不沉迷于细枝末节，准确把握作品主题，进而认识到整体阅读观的重要性。俞教授进一步指出，抄检大观园这一情节与《红楼梦》的主题紧紧关联，抄检实际是"内囊子倒了"的表现，是真抄检的预演，是青春少女无法自主命运的预示，是贾府倒塌的预演，是贾宝玉不能把握自己命运又无可奈何于群芳凋零的人生悲剧。

四是要解读人物形象的性格表现。全书人物众多，有名字的有四五百人，作者精心刻画、描写的人物形象也有数十个。鉴于《红楼梦》文本的具体情况，俞老师认为中学生"整本书阅读"的重点对象应是故事核心圈的主要人物。她认同何其芳先生所说《红楼梦》人物产生"共鸣"的观点，指出重点学习理解的人物须是能关联情节主线和重大情节，能在表达小说主题、呈现清时贵族生活场景中发挥作用的重要人物，这样的形象本身有丰富复杂的性格特征和精神世界，对中学生的精神成长有很好的启示作用。

五是要鉴赏名著文本的语言表达。《红楼梦》的语言是古代小说的典范，区别于中国其他古代小说，其叙述语言朴素淡雅，肖像、景物、心理描写的语言细腻优美，人物对话语言又非常鲜明生动，符合人物身份、地位、文化教养和性格特质。在"刷题"的时代，细致品味名著的语言、深入体会人物内心世界，可以培养语感，也可以借此锻炼书面表达能力。

第四个问题，如何进行《红楼梦》的整本书阅读？

俞教授指出，2017 年的新课标要求在必修阶段完成一部长篇小说、一部学术著作的阅读，一共 18 课时。任务量虽大，但俞教授从教学实践的角度，提出具有可行性的整本书阅读的教学实践计划：将课外阅读与课上指导相结合，以前五回为起始，其后每十回为一次进行阅读、指导和评价。俞教授希望未来可以在中学实践和实施，并提供了具体的方案，具体教学流程由任务内容、研讨、评价三方面构成。

首先，正确地选择了版本之后，通读前言和回目；重点阅读小说的前五回，勾画主要人物关系图表；以两条情节主线为核心，通读相关情节并归类，认识小说主题；深度阅读关键情节，理解它们在全书中的不同作用；体会主要人物形象，理解他们的性格特征和命运遭际，试做点评；品赏小说的语言，撰写评析短文，或练习仿写。其次，仅有阅读和小写作还远远不够，研讨也应是"新课标"的核心元素之一。俞教授先确定了研讨的重要意义，并指出有效的研讨需要教师在课前设计，指导学生课外自主阅读思考，要求学生以小组的方式展开互助式的学习、汇报和交流；教师也要善于从交流中发现闪光之处给予充分肯定，还能够对学生的"奇思怪想"纠偏指误。她认为，能够指导高中生进行名著的整本书阅读与研讨的教师，需要自己先懂名著，了解红学研究的整个状貌，知道何为正、何为偏、何为误、何为"民科"，才能比较正确、有高度地指导中学生开展阅读与研讨。俞教授表示，文学研究也是科学的研究，不能因为文学作品的虚构特质就在研究中随意发挥，随心所欲得出结论。最后，"评价"是任务进程中或完成后的必需环节。实践中，可以通过学生互评、教师点评、当面评价、书面评析等方式带动中学生对母语的审美鉴赏、创造和建构，促进中学生的整体思考，发展其思维向度，提升其思维高度，进而生发出理解、传承中华优秀传统文化的自觉力。

归纳以上四个问题，俞晓红老师总结根本一点，即《红楼梦》的"整本书阅读"时要完整地阅读小说。教师应明确阅读目标内涵，高屋建瓴地构建阅读体系，设计阅读学习任务要求，有计划地开展阅读研讨，并在阅读过程中给出恰当评价。她还介绍了自己在安徽师范大学《学语文》中的《红楼梦》"整本书阅读"专栏，以及《苏州科技大学学报》、"古代小说网"微信公众号等刊物或媒介发表的文章，为此次主讲提供了相关阅读信息和详细的文字补充说明。

接下来，在石中琪老师的主持下，詹丹教授、孙伟科教授分别就个人收获和感受与俞晓红教授展开对话。

詹丹教授首先向论坛的邀请致以感谢，随后谈到自己的体会，认为俞老师以凝练、诗化的语言对《红楼梦》整本书阅读理念和实施做了全方位的解读，从五个方面说明"整本书阅读"的具体内涵，紧扣教材任务。他认为俞教授通过两个案例，将《红楼梦》整本书阅读的理念与实践方法解读得层层深入、非常缜密。此外，詹老师对关于教学教辅书籍的选择及修订问题进行了补充：首先是整本书阅读中教材的使用问题。目前，市面上的三种主流《红楼梦》选读教材分别是蔡义江先生著的《〈红楼梦〉选读》（语文版）、北师大文艺教研室编写的《〈红楼梦〉选读》（北师大版）以及单世联、徐林祥两位老师编写的《〈红楼梦〉选读》（苏教版）。通过对三种教材的比较分析，詹老师认为三种教材各有特色，都为《红楼梦》整本书阅读提供了早期实践经验，并针对当前课标、教材多样化的趋势，总结教辅设计的四种基本方式。其次，詹老师表示整本书阅读的落实可以从俞老师谈及的"大关键"情节进行思考。詹老师以越剧"黛玉葬花"和"宝玉挨打"的情节调整为例，提出在教材编写中出现的两种理解，一种是对情感高潮的侧重，另一种则是以情节为主要高潮。他认同俞老师所说的"抄检"的事件是从"边缘慢慢进入到中心"，在情节连绵性的延伸中表现了大观园各种层次的矛盾。詹老师提到，张锦池先生认为贾宝玉和亲近人之间应该构成三次冲突，表明他是站在贾宝玉的立场猜测，除其与父亲、王夫人的冲突外，可能还在后四十回与贾母发生冲突。从这个角度出发，整体性阅读还可以跳出抄检大观园本身，联系更广泛的事件。再次，他认为整本书的阅读还要有问题意识。一是总问题意识，即超越《红楼梦》本身，整合到中国传统文化的整体中去。詹老师认为《红楼梦》一般被认为是"大旨谈情"，而作为情文化的集大成者，它具有超越其本身的面向性和总问题意识。一本书的诞生都有面向当前社会文化危机或总问题的倾向，结合文化的外部关系或大环境会得出更具有建设性的意见。因此，他认为阅读《红楼梦》应是在礼仪文化的背景下，通过文本中贾宝玉的真情交流，思考中国传统文化的大问题，即在礼仪蜕变得虚伪、客套的明清时期，如何充实和填补礼仪的问题。二是礼仪本身的问题。詹教授以探春的人物塑造猜测作者并不反对礼仪，甚至认为探春执行了礼仪的积极方面。抄检大观园时探春的行为体现了中国礼仪上下等级互相支撑的特性。最后，詹教授强调在《红楼梦》阅读中不仅要思考中国传统情感和礼仪的相互关系，同时也要思考礼仪本身的问题，既将文本放到文化背景中理解，也要放到具体的细节中阐释，这样的整体性阅读才是有意义的。

俞老师对詹老师的深度与谈做出回应。第一，俞老师表示詹老师提出的"情节高潮与情绪高潮"对她有重要的启发；第二，就詹老师提及张锦池先生"三次冲突"或"三伏"的观点，俞老师认为除贾宝玉读书、与女性关系的选择外，在八十回后还可能有关于婚姻关系的情节；第三，詹老师的"整体把握"也是一种整体的阅读观，同时赞同庚辰本在抄检大观园中对晴雯的叙述；第四，俞老师重申，重视整体阅读"大过节、大关键"不是忽略细节，而是强调整体阅读要建立在整体观照之上，也非常认同詹老师"将细节放在宏观的层面上来阅读"的观点。

主持人石中琪副研究员感谢两位老师更进一步的讨论，随后邀请嘉宾与线上观众进行互动，安徽师范大学附中严景东老师、深圳的肖红英老师也分别从自己教学工作实践的角度谈了自己的观点。

安徽师范大学附属中学特级教师严景东表示，高中教材将《红楼梦》整本书阅读作为重要教学内容是新课标的主要精神和亮点，其中心思想是要引导学生阅读经典著作，但对深入阅读的质量要求相对较弱。无论是任务群阅读还是整本书阅读都应本着呼吁一线教师深入文本的理念，而非由教师整合结论直接灌输给学生。因此，细读文本终会获益匪浅。

深圳市南山区南头中学名师肖红英对本次论坛主题提出了如下问题：第一，如何让十几岁的学生对《红楼梦》长期保持兴趣？第二，教师个人的阅读体验如何有效传达给学生？第三，《红楼梦》写作的时代背景与当下相隔甚远，作为教师如何加进新元素让阅读更具时代特色？对此，俞教授回应：《红楼梦》是一部随便打开一回都可阅读的书，保持兴趣较为容易，但激发兴趣则较为困难。教学过程中传达正确的价值观是一线教师共同的前进方向，阅读经典作品一定要汲取其中的精神力量，教师应引导学生理解书中人物的性格魅力与人性光辉，应探究人物间的互动，而不是社会关系本身的特质。

互动结束后，孙伟科教授对本期论坛进行评议。他提到自从教育部将"整本书阅读"列入教学计划后，《红楼梦》的整本书阅读问题广受关注，曾在北京举办过多次此类问题的研讨。关于这一话题，他认为俞老师和詹老师都是国内最有发言权的学者，两位老师在语文教学方面的观点值得我们不断思考与深入体会，这正是本期论坛邀请两位老师针对《红楼梦》整本书阅读进行阐释的原因，希望可以为感兴趣的朋友提供帮助和参考。孙老师表示，红学是围绕对《红楼梦》的理解而产生的，红学中种种泡沫和附会的说法非常多，它们会遮蔽《红楼梦》的真面目。通过电视或媒体等形式接触《红楼梦》并不是了解它的开始，而应该从书本开始、从文字的感受出发。随后孙老师还以 2005 年秦学盛行的情况反证整本书阅读要以文本为起点，而不要被流行的、流传广泛的讲解误导。他认为俞老师以宏观角度对《红楼梦》的结构、语言、线索、重要事件等方面论坛主题进行了详细阐释，还原了《红楼梦》整本书阅读的理念。俞老师以严谨、斟酌的书面语言进行表述，与前两次论坛主讲直发胸臆的生活语言区别明显，切合此次论坛主题。詹老师提出的微观与宏观结合的阅读方法也值得注意，为《红楼梦》整本书阅读拓宽了文化背景。两位老师以理念结合教学实践的方式，为如何实施整本书阅读提供了很多可操作的建议。因而此次论坛也确实站在学术高端，将最前沿的学术主张及相关学者研究思考的最新成果进行分享，为我们提供了文学大餐与精神享受。

随后，石中琪副研究员也简要谈了自己的感受。他认为阅读文学经典最重要的还是以文学的眼光看待文学，《红楼梦》整本书阅读正是《红楼梦》研究回归文本、回归文学的倡导。整本书阅读的理念并不意味着只针对中学生，在知识爆炸式与碎片化、阅读快餐式与浅层化的时代，以阅读经典而学习获得系统性知识、批判性精神、创造性思维的学习能力与学习习惯，《红楼梦》整本书阅读对每一位阅读者和学习者可能都有启益。石老师总结：俞晓红教授的主讲系统而深入，讲授内容紧扣新课标，不仅有理论高度，还有精彩例证；设身处地地让我们明白什么是整本书阅读、为什么要进行整本书阅读、怎么样进行《红楼梦》整本书阅读，条分缕析，深入浅出。而关于《红楼梦》整本书阅读，詹丹教授、俞晓红教授已率先做出了努力和探索，突出的研究成果堪为楷模式的示范，但是，这一话题仍有太多可供探讨和深化的空间，在今后的日子中，还需要红学界的研究者与中语界的老师们多多交流、共同努力。最后，石中琪老师再次以主持人身份感谢俞晓红教授的辛苦主讲、詹丹教授的精彩对谈、孙伟科教授的深入评议以及参与论坛的其他老师的智慧分享，随即宣布本期论坛圆满结束。

中国艺术研究院

红学论坛 2020·第 四 期

红学再出发

时　间：2020 年 10 月 31 日 13:30—17:00

学术主持：詹　丹

学术总结：张　云

2020 年 10 月 31 日，由中国艺术研究院红楼梦研究所、《红楼梦学刊》编辑部主办，上海师范大学人文学院承办的"红学再出发——2020 年中国红楼梦研究·上海论坛（中国艺术研究院红学论坛）"在上海市徐汇区桂林路 81 号上海师范大学光启楼 1103 室召开。来自中国艺术研究院红楼梦研究所、《红楼梦学刊》编辑部的研究人员以及复旦大学、华东师范大学、上海交通大学、上海大学、上海财经大学、上海博物馆、上海工程技术大学、上海师范大学等高校的部分师生，和上海黄浦区教育学院、上海中学、上海格致中学、上海延安中学的部分中学教师近 40 人参加了本次论坛。论坛围绕"红学再出发"的中心议题，对百年红学所取得的成就与局限、《红楼梦学刊》平台建构的新思路、经典普及与《红楼梦》的整本书阅读等系列话题进行了热烈的探讨。

论坛由上海师范大学人文学院詹丹教授主持。中国红楼梦学会会长张庆善先生首先在开场致辞中回忆了自己在 1981 年参加上海师大召开的红楼梦研讨会的情形。他说，2019 年是《红楼梦学刊》创刊 40 周年，2021 年又是新红学 100 周年，迄今为止，新时期的红学发展已经 40 多年。在当前社会发生巨大变化的情况下，我们如何推动红学发展，推动《红楼梦》的当代阅读与传播，确实是个问题。《红楼梦学刊》作为国家级的学术专刊，要在新时代的红学发展中重新出发，扮演好自己的角色，这也是我们这次会议取名"红学再出发"

的主要原因。

上海师范大学人文学院中文系主任宋莉华教授代表上海师大中文系向各位嘉宾的到来表示热烈欢迎。她说，上海师大曾经在1981年成功举办第三届全国红楼梦研讨会，名流云集，盛况空前。周汝昌先生在《文汇报》上称之为"文学盛会"。在张会长和詹丹老师的努力下，今天能再次在这里举办红学论坛，显示出了红学研究的新气象和复兴的趋势。相信通过这次论坛，我们能对百年红学进行学术历程的回顾，对未来的红学研究，以及红学研究最重要的学术阵地《红楼梦学刊》如何进行重新建构，提出新的思路和方向。

中国艺术研究院红楼梦研究所副研究员李虹首先向与会学者们转达了《红楼梦学刊》主编孙伟科教授与副主编胡晴副研究员不能前来参加此次论坛的歉意，接着从文献、文本和文化等三方面向大家介绍了《红楼梦学刊》最近几年的发刊情况，希望借此机会向各位学者请教如何能在坚守初衷的前提下，扩大学刊的发稿范畴，进一步提高学刊的学术水准。《红楼梦》虽然文备众体，是集大成之作，可以探讨的问题很多，但毕竟在体量上受到限制。因此，由《红楼梦》出发，将小说传统的创作与批评进行扩展，梳理小说史的发展脉络与影响辐射，也是学刊理应具有的重要内容。

上海师范大学人文学院朱恒夫教授就《红楼梦》的当代传播进行了详细阐述。他说，当代对《红楼梦》的兴趣在20

世纪 60 年代和 80 年代发生过很大改变。50—60 年代初是《红楼梦》戏曲改编最为繁荣的时期，以徐进的越剧《红楼梦》为重要代表，诞生了一大批不同剧种的红楼戏，如锡剧、曲剧、昆剧、川剧、潮剧、湘剧、姚剧、杭剧、甬剧、滩簧等。而 80 年代以后，对于《红楼梦》的戏曲改编主题更加注重人性的挖掘，比如吉林的吉剧、评剧等，甚至出现了像《焦大与陈嫂》这样的作品。他还特别提到 2019 年在北京公演过的古本剧《红楼梦》，对顾笃璜先生为昆曲的传习与发展做出的努力感佩于心。

对于《红楼梦》戏曲改编的当代传播，很多与会老师都有深刻体会。特别是在影视传播之前，以戏曲话剧等舞台艺术的方式演出《红楼梦》是经典普及的重要渠道。因此，对于朱恒夫老师主持编纂即将出版的《红楼梦俗文艺作品集成》，学者们都翘首以待。詹丹老师则提出，自己在为这部作品集成撰写序言时，才仔细阅读了其中收集的 20 世纪 20 年代厦门大学学生陈梦韶编创的话剧《绛洞花主》，从而对鲁迅先生阐述的那段名言有了更深入的理解。鲁迅之所以从经学家、道学家、才子和革命家等不同角度对《红楼梦》进行归纳，是在变相地为话剧从"社会问题"的角度进行解读做辩护。由此，不论是对《红楼梦》还是对鲁迅都有了进一步更符合语境的理解。

华东师范大学中文系王庆华教授认为，红学的再出发，可以从一种新的范式或研究方法来入手，在新时代不断更新的技术条件下，将这项事业继续推向前方。对人文学者来说，数字人文是目前最为突出也十分迫切的要求。《红楼梦》研究中涉及的许多意象和各种小说术语，甚至是各种人物情节的文学渊源，都能与中国的传统文化勾连起来。如果可以建成一个相对完善的数据库，对于考释梳理其渊源流变，就能更加清楚，更加便捷。这是在当前技术支持下可以努力去解决的问题。因此希望红楼梦研究所能牵头，联合高校与相关机构的科研力量，建成一个比较完善的专题数据库。

华东师范大学李舜华教授回顾了自己对《红楼梦》的关注历程，认为每一代人都有不同的文本阅读感受，每一代人都可以从经典的文本中吸纳自己成长所需要的营养。她非常认同王庆华教授关于建设数据库的建议，特别是如果能将20世纪以来的改编作品，包括音像资料增加到数据库中，与学术研究相互对应，相信不论是对学术研究还是大众普及来说，都会有相当高的点击率，或许会掀起一波新的高潮。

上海交通大学单世联教授认为新时期以来红学发展的几次高潮都与时代精神相关，如何能在目前的时代环境中重新找到令人激动的主题和话语权，如何面对新的时代背景下对传统文化的批判与传承，也就是如何找到"红学再出发"的起点，都是需要认真思考的问题。《红楼梦》为我们提供了一个难得的全方位认识中国文化的镜子和方式，既展现了中国文化美好的一面，也暴露了其中的冷漠无情和残酷。特别是面对当前中小学生们阅读厌倦、知识过度的问题，我们究竟应该怎样阅读《红楼梦》，这不仅是教育工作者，也是红学研究者需要考虑的问题。当然，《红楼梦》是中国文化的代表，对此我们依然可以充满信心。

《红楼梦》的整本书阅读是近年来讨论非常激烈的一个话题。此次论坛上，来自高校和中学的教育工作者也分别讲述了自己在教学实践和教学理念等方面做出的尝试，以及他们在实践过程中遇到的一些问题。华东师范大学刘晓军教授讲述了他在最近几年，不断通过讲座、读书会以及通识课程的方式，在中学教育、专业教育和通识教育领域，为《红楼梦》的经典普及与传播做出努力。针对不同的学生群体，教学目的也随之调整，从文化普及到学术研究，希望能让更多学生产生阅读的兴趣。上海市黄浦区教育学院的邓彤老师认为要抓住学生的痛点，设计好教学环节，用各种方式来提高学生的阅读兴趣。上海格致中学的高翀骅老师根据自己的教学实践，提出如何将学术成果运用到中学课堂、教学的终点在哪里以及作为任务的教学是否与教育目的背道而驰等三个问题，希望听到专家学者们的意见。上海中学的樊新强老师认为，虽然教育本身是有限的，不是万能的，但应该相信《红楼梦》本身的魅力，教师能做的是引导更多学生发现这种魅力，从而喜欢上《红楼梦》，而不是放弃或拒绝阅读《红楼梦》。

华东师范大学的竺洪波教授以自己在《西游记》整本书阅读教学过程中的体会，为《红楼梦》的整本书阅读提供了一种参考。尽管两部著作具有不同的文本特征，但《西游记》的阅读应具备先验式的神话构思、民间文学所具有的独有特征以及宗教意识在文本中的体现等前提，这也为《红楼梦》的阅读提供了一种参照。

复旦大学的罗书华教授对于整本书阅读甚至是纸质书的传播都抱有一种不甚乐观的态度。他认为尽管《红楼梦》是一部伟大的经典，也需要提高整本书阅读的层次，但对中学生来说，要读完这部鸿篇巨制，是有些残忍的。他认为如果对《红楼梦》大致的背景有所了解，它的价值即使读片段也能感受得到。

复旦大学的许蔚老师，上海师范大学的孙超老师、李东东老师也分别结合自己的研究专业，对《红楼梦》研究提出了在宗教思想和文本研究等方面的观点。许蔚认为《红楼梦》中的道教人物形象虽然很少，但却具有一种结构性的作用。孙超认为，不同时代的语境会造成对《红楼梦》的两种非常极端的态度，这或许也是《红楼梦》具有巨大魅力的一个双向证明。李东东认为，要多读几遍文本，可能就不会被轻易带到像"癸酉本"那样显而易见的错误中去。

此外，上海师范大学的朱旭强老师（笔名：朱珐）和上海博物馆的于颖老师分别带来了自己的新作《安南怪谭》和

《江南染织绣》，从小说的再次创作与小说背后的文物等角度重新阐释，引起了与会学者们的极大兴趣和热烈讨论。朱旭强认为《红楼梦》之前的几大奇书，在作者的独创性之外，都有一个逐渐累积的生成过程。我们在阅读域外小说时常常遇到阅读感受不太愉快的作品，而这种不愉快反而会让人因为可惜而产生一种创作动机。就此而言，小说观念在发生变化，对《红楼梦》的重新书写也有可能成为一种新的出发和探索。

于颖老师从"物"的角度，对小说背后的文物进行了文学与考古的跨界，考据《红楼梦》中涉及"物"的知识特别多，如何将字面意义复活到可以看到的真实物品，于颖老师借助了大量图像资料，并且尽可能以拍摄视频的方式，让更多人对小说产生更为形象的想象。这种方式引起了上海财经大学柳岳梅老师的共鸣。她认为，如果能对小说人物的服饰、工艺、器物的形制等有深入直观的了解，可以更好地理解作者创作这部小说的意图。李舜华老师则认为，用这些具体的"物"也可以引起孩子们的阅读兴趣，从点到面地进行整本书阅读。

宋莉华老师还补充了当前红学中对于版本考证的一点思考。她说，红学能够继续前行，除了对古代文献的研究，还应该致力于新文献的发掘。特别是对海外文献的研究和利用，对早期译本底本的研究，对早期西方人编撰汉语读本时采用的底本研究，也都是很有意义的。

最后，中国艺术研究院《红楼梦学刊》编辑部主任张云编审为此次论坛进行了学术总结。她首先对上海师大的热情接待和诸位学者老师的真诚探讨表示感谢，同时也对大家一直以来对红学和《红楼梦学刊》的支持与关注表示感谢。她说，在过去的40年里，中国红楼梦学会、红楼梦研究所和《红楼梦学刊》收获了很多学术成果，完成了包括新校注本《红楼梦大辞典》在内的许多基础性工作。2021年第1辑是《红楼梦学刊》创刊以来的第200辑，新红学也来到了第100个年头。希望能借助这样一个具有特殊意义的时间点，在诸位学者、同人一如既往的共同努力下，收获更多学术成果。

中国艺术研究院

红学论坛 2020 · 第 五 期

红楼人物的结构化理解

时　　间：2020 年 12 月 12 日 14:00—16:30

主 讲 人：詹　丹

与 谈 人：潘建国

学术主持：胡　晴

学术总结：赵建忠

2020 年 12 月 12 日 14:00—16:30，由中国艺术研究院红楼梦研究所、《红楼梦学刊》编辑部和中国艺术研究院研究生院中文系、艺术学系联合主办的"中国艺术研究院红学论坛"第五期"红楼人物的结构化理解"在腾讯会议如期举办。本次论坛由中国艺术研究院红楼梦研究所副研究员胡晴担任学术主持，主讲嘉宾是上海师范大学人文学院詹丹教授，与谈嘉宾为北京大学中文系潘建国教授，评议人为天津师范大学文学院赵建忠教授。《红楼梦》与古代小说研究领域的众多知名学者以及红楼梦研究所的研究人员和研究生院中文系、艺术学系的硕士、博士研究生都以不同形式参与了论坛。除腾讯会议主场以外，此次论坛还在哔哩哔哩平台同步直播，所探讨的话题受到广泛关注。

论坛开场，胡晴副研究员首先对红学论坛进行了简要说明，重申论坛理念与宗旨，介绍中国艺术研究院的红学传统。随后，她向大家分别介绍了本期论坛的主讲嘉宾詹丹教授，与谈嘉宾潘建国教授以及学术评议赵建忠教授：

詹丹，上海师范大学人文学院中文系教授、博士生导师，都市文化学博士点带头人，兼任中国红楼梦学会副会长、上海市古典文学学会副会长，光明网文艺评论频道"名家评红楼"专栏作者。近年来论著有《诗性之笔与理性之文》《重读〈红楼梦〉》等。

潘建国，北京大学中文系教授、博士生导师。主要研究方向涉及中国古代小说、东亚汉籍、古典文献学、印刷文化史等领域。著述有《中国古代小说书目研究》《古代小说文献丛考》《古代小说版本探考》等，另发表学术论文百余篇。

赵建忠，天津师范大学文学院教授、博士生导师，中国古代文学学科带头人，兼任中国红楼梦学会副会长、《红楼梦学刊》编委、天津市红楼梦研究会会长。在全国中文核心期刊发表学术论文数十篇，代表性著作有《红楼梦续书考辨》《红学管窥》《红学讲演录》《聚红厅谭红》等。

在"红楼人物的结构化理解"的论坛主讲中，詹丹教授从人物呈现的结构化问题、红楼"新人"的整体布局、金陵十二钗的结构、人物情感的两种组合、人物冲突的两种方式这五个方面为大家呈现了精彩论述。

第一，人物呈现的结构化问题。詹丹教授首先指出了对人物进行结构化理解的一个依据，即《红楼梦》中人物众多，因而其中的人物具有一种整体化安排的可能性，这是立足于小说整体立场的一个思考，过去对人物的研究往往按照E.M.福斯特的理论将人物分为"圆形人物"和"扁平人物"，《红楼梦》中的人物亦是如此，甚至还有一些人物仅仅是一个符号。一般认为"圆形人物"的塑造是比较成功的，"扁平人物"的塑造是失败的，符号化的人物则更是不足称道的，但是一部长篇小说如果都追求"圆形人物"的塑造，该小说则是一个无法完成的工程。因此，对小说人物的塑造就可能存在一个整体上的谋划，对人物的个性也应该有明确的分配。《红楼梦》中人物的谐音设置就存在一个整体上的安排，越边缘化的人物，其名字的谐音功能越强烈，趋于中心的主要人物，其名字的谐音功能则相对较弱，或者只是揭示某个侧面。吴小如受吴组缃影响，在《闹红一舸录》一文中曾谈到史传中人物组合的关系对《红楼梦》的影响，纪传体中人物的组合大致分为三种：第一种是独传，单独的一个人物成为传记；第二种是合传，两个人物合在一起成为传记，如廉颇和蔺相如；第三种是类传，如将侠客归至一类。这是形式上的，另外，从内容看，《史记》的"本纪""世家""列传"等也是一个整体的分类。《红楼梦》中的人物或许也有这样的考虑，如贾宝玉是独传，黛钗、二尤是合传，十二个唱戏的女孩子是类传，等等。此前中国古典小说的人物组合就带有结构化倾向，如《金瓶梅》的书名就是对三位女性名字的组合，由潘金莲、李瓶儿、庞春梅三个人物串联起来的，《金瓶梅》总共 100 回，中间的 60 回是三位女性合在一起为主体展开的网状故事，而前 20 回和后 20 回则分别由这三位女性线性串联，分摊她们各自的叙事性功能，形成了一个非常复杂的叙事组合。

第二，红楼"新人"的整体布局。詹丹教授指出，《红楼梦》中每个人物的第一次登场都可以定义为"新人"的亮相，如果以每 10 回作为一个故事单元，可发现前 10 回借助冷子兴演说荣国府、林黛玉进贾府等将近150人介绍到小说里来，第十一回至第二十回，通过秦可卿丧事、元妃省亲等又引入大约120人。比较前80回和后40回，可发现如下问题：其一，新人上场的低谷问题。前80回和后40回都存在一个不相称的人物低谷期，第三十一回至第四十回只增添了13人，前80回中只有此10回单元新增人数少于20人，后40回中最后10回只增加了10人，小说最后10回很少添加新人容易理解，因为已接近收场，应该对人物进行适当缩减，但第三十一回至第四十回为何是一个低谷期呢？主要因为这10回描写了人物聚焦性的几个事件，其中宝玉挨打就占到了3回，叙事层次极为细腻，是向人物关系内部的细化而不是外部的拓展，后面主要写探春发起成立诗社并展开海棠社、菊花诗等一系列活动，诗社是高雅的活动，参与人数不多，这些都聚焦在一个特定的群体之中，因此没有添加较多的新人。其二，新人出场的断崖式下降问题。除上述低谷外，后40回仍存在一个断裂，第七十一回至第八十回增加了56人，但第八十一回至第九十回增加了20人，几乎只增加了三分之一，这实际上是暗示读者，作者的思路有所转变，新增人物的节奏变化是否与叙事的动态变化有关系是值得思考的一个问题。其三，性别比例问题。人们读《红楼梦》通常都会产生一个幻觉，认为《红楼梦》主要描写的是女性人物，男性人物相对较少，更有人提出《水浒传》是写男人的世界，《红楼梦》

是写女人的世界，但是通过对人物的统计可发现，《红楼梦》前 80 回中男性约有 270 人，女性约有 260 人，男性还略多于女性；而后 40 回中，男性增加了约 60 人，女性增加了约 10 人。由此可知，前 80 回和后 40 回在性别比例上有很大差异，即由前 80 回的男女性别平衡逐渐转变为后 40 回的以男性为主。但《红楼梦》又为何让人感觉主要是在写女性的呢？究其原因则与作者整体构思的策略有关，作者对女性的书写不同于男性，描写女性出场，皆是当作重要事件进行渲染，给出一个特定的亮相，但男性的出场，除了贾宝玉和薛蟠，其他几乎都没能给读者留下深刻的印象，这是作者的一种艺术策略，让实际状况和艺术描写策略之间产生了一种错位，容易让人产生一种错误的判断。

第三，金陵十二钗的结构。詹丹教授指出，现在谈到"金陵十二钗"，通常指太虚幻境中的正册、副册、又副册三个册子，是否有三副册、四副册甚至更多，学术界仍存有争议，而较多的学者是倾向五册 60 人。随后，他主要从纵向和横向两个层级对金陵十二钗的结构进行了阐释。金陵十二钗从高层到底层的纵向结构是以地位为依据，从水平关系而言，存在一种两两相对的结构组合，两人或为相类关系，或为相对关系，有的侧重于个性，有的侧重于情感。除开两两相对外，金陵十二钗的整体排序不是按照人物在贾府中的地位，而是与"情榜"有关，因此最终排序是以贾宝玉为核心人物展开的，前后的次序是以贾宝玉的情感关系来排列的。例如晴雯排在又副册的第一位，袭人排在第二位，根据"晴为黛影，袭为钗副"之说，也许可推出正册中林黛玉排第一，薛宝钗排第二，再如排在副册首位的香菱，她的诗人气质也更为接近林黛玉，这给读者一个启示，虽然正册中并未对林黛玉和薛宝钗进行前后的实际排序，在画册和判词中都是合在一起的，但是副册和又副册中通过对丫鬟的排序暗示了贾宝玉对林黛玉的情感倾向。如果按照这样一个准则，如果还有三副册和四副册，则三副册应是以五儿为主的小丫头，四副册是以龄官为首的十二伶人，当然这只是一种推测，既需要有进一步的论证，也给其他排序留下讨论的空间。

第四，人物情感的两种组合。詹丹教授指出《红楼梦》中的人物情感存在几种组合方式。第一种是以贾宝玉为中心，与林黛玉、薛宝钗、史湘云以及妙玉这四位女性构成一个水平式的结构，这是以贾宝玉为中心体现出的一种亲疏关系，尝试一种男女之间情感交往的多样性和可能性。林黛玉与贾宝玉的情感交往是张扬、热烈甚至是夸张的，薛宝钗则与林黛玉构成一种对立关系，她与宝玉交往，情感是内敛的、含蓄的、若有若无的。史湘云与贾宝玉的情感虽极好，却并没有超出自然亲情意义的情感，而妙玉则与之相反，体现出交往的那种极不自然。《红楼梦》有意识地用这种结构化关系理解情感交往的多样性，其中还具有文化差异的逻辑性，大致说，林黛玉依托的是"诗"文化；薛宝钗代表的是"礼"文化，也更偏向于正统；史湘云倾向于道家的名士风度，她自诩"是真名士自风流"；妙玉代表的则是"佛"文化，对自身情感的否认导致了她的矫揉造作，她的处世方式与自我言行呈现出一个脱节的状态，因此她的脾气显得比较古怪。第二种是垂直式的结构。《红楼梦》人物结构的垂直性是按照地位的差异性而分的：黛玉（正册）—香菱（副册）—晴雯（又副册）、五儿（三副册）—龄官（四副册）。由这种垂直性结构中的龄官等，可看出对水平结构的颠覆性意义，颠覆了贾宝玉的地位——他不再是世界的中心。让读者能够意识到情感的交往方式对人物的价值既有肯定的一面，也有否定的一面。此外，水平式的结构可能存在一种变式。贾宝玉与同胞姐妹的关系也有上述关系的可能性，贾探春发起成立诗社，她接近于林黛玉的"诗"文化；贾元春体现贵族的礼仪，她接近于"礼"文化；贾迎春一味地退缩，体现了"道"的懦弱方面；贾惜春皈依佛门，在世俗社会中一心向佛，代表着"佛"文化。当然，如果将贾迎春归入"道"，则与史湘云的"道"之差异极大，因为史湘云敢作敢为，带有一种进取的性质，迎春则是一味地退缩。

第五，人物冲突的两种方式。詹丹教授主要从人物冲突的角度探讨了结构化的理解。第一种是递进式冲突，以宝玉挨打的冲突错位为例，贾宝玉和贾政不是力量相当的对立，贾宝玉没有对抗甚至逃避的可能性，只能是乖乖地挨打，所以二者不构成冲突。这就需要作者将贾宝玉一方的力量以"门客（防御）—夫人（相持）—贾母（反攻）"三层进行了替换，这是一种结构上的递进，贾母的出场则完成了一个戏剧性的转化，完全颠倒了冲突的力量，存在一个真正的逆反，这三个层次的逻辑推进在一定意义上是非常合乎现实生活的，比如王夫人相对年轻，她理应比贾母先赶到。第二种是并列式冲突，以周瑞家的送宫花为例。周瑞家的送宫花首先从薛姨妈处拿到宫花，再到迎春和探春处，再遇到惜春和智能儿，顺路提到睡觉的李纨，后来到了王熙凤的院内，最后到了林黛玉和贾宝玉处。这里至少就存在着三组对照关系，即李纨的守寡生活和王熙凤的夫妻生活构成的对照关系，薛宝钗的热情和林黛玉的冷笑构成的对照关系，以及香菱的有命无运和秦可卿的有运无命构成的对照关系，这都代表着曹雪芹对女性人物命运的整体化结构理解。

　　归纳以上五个方面，詹丹教授以"同情式阅读""质疑式阅读""反思式阅读"三种阅读方式对此次讲座进行了总结。他表示，曹雪芹非常希望读者能够理解他，他当然希望自己的作品是伟大的，但又恐太伟大的作品会无人理解，"满纸荒唐言，一把辛酸泪。都云作者痴，谁解其中味"？同情式阅读就是要站在作者的立场，做他的知音和共鸣者；质疑式阅读要求我们不能无条件认同作者，比如不能像作者那样，对不合理的社会进行辩护，不能将一切都归入命运的无常，要对这种观点进行质疑；反思式阅读要求在阅读《红楼梦》的同时也要反思自身，要警惕自身的局限，例如对人物进行结构化分析也是有局限的，结构化的理解容易从概念出发，甚至会给人物贴标签，同时也会过于强调二元对立，会遮蔽一些没有进入结构的内容。文学研究一定要回到具体，以贴标签的方式理解作品恐怕会将自己带入陷阱中。

詹老师还向听众分享了与此次论坛话题相关的延伸阅读材料，即他的新著《重读〈红楼梦〉》中《红楼人物的整体布局及"新人"出场特点》《文化代码与红楼人物的"大旨谈情"》《有命无运和有运无命》《黛玉为何不再谨言慎行》《"送宫花"的一路精彩》五篇文章，以及刘勇强、潘建国、李鹏飞撰写的《古代小说研究十大问题》，为此次讲座提供了相关阅读信息和详细的文字补充说明。

随后，在胡老师的组织下，潘建国教授、赵建忠教授分别就个人收获和感受与詹丹教授展开对话。潘建国老师认为詹老师的演讲很具启发性，是"但开风气不为师"的研究。首先，潘老师从红楼人物研究的大环境出发，指出目前《红楼梦》人物研究虽然十分丰富，但出新却很难，人物研究似走入"瓶颈"，而詹丹老师从结构层面理解人物为我们提供了新的视角和方法。潘老师通过回顾1959年吴组缃先生发表的《谈〈红楼梦〉里几个陪衬人物的安排》，指出当时已经隐约出现从结构层面理解小说人物或人物旨趣的观点。他引用吴组缃先生的观点说，"《红楼梦》是一个有机的整体原则，安排人物都从整体着眼，摆在某一地位，赋予它必要的作用和意义。我们的评论也应该从作品的整体，从全部关联上看他所摆的地位、所显示的意义和所起的作用，那才有意思"。据此提出，詹丹老师的演讲与吴组缃先生的观点形成呼应。潘老师认为这种研究人物的方法，不是对单个人物的孤立评价，而是提供了一种研究的范式，即要将人物放到结构关系和叙述空间中，从而精准、准确地展现作者的创作意图。

随后，潘老师从两种结构的"面向"论述了詹老师研究的启发性意义，并对詹老师的观点继续补充。潘老师以周瑞家的送宫花为例，提出詹老师的结构化第一种"面向"具有以纵向、情节结构空间解读文本的意义。他认为第七回在送宫花的重头戏中间，突然出现的周瑞家的女儿虽然只"昙花一现"，却再次佐证了前几回提及的人物社会关系网，从侧面展示了当时仆人狐假虎威、官场官官相护的阴暗面。因此，潘老师指出，周瑞家的女儿出场虽然是一个小小闲笔，但是对人物结构化理解，进而探究人物形象在思想史层面或小说主题层面的意义具有启发性。他认为，人物的结构化理解是通过将类似周瑞家的和王善保家的等小人物串联起来，完成人物的多样化反映与性格间的对比映照，既强化阅读效果，也帮助读者理解人物。因此，潘老师认同詹丹老师的观点，指出结构化的第一重结构是情节的结构，是将人物放到纵向的情节结构中解读人物意义，从这个角度来说，作者虽然对一些人的描写仅寥寥数笔，甚至只出现一次，但并未消减人物的意义，甚至是比着墨不少的人物还重要。

第二种"面向"是指横向的人物关系结构。潘老师认为詹丹老师在讲座中梳理的水平式、垂直式等结构表明了人物关系网对于人物塑造的作用。潘老师继续以詹老师提及的五儿和宝玉、香菱与秦可卿等案例，说明《红楼梦》中作者设置的相类、相衬的人物在不同的关系网中的创新性解读。潘老师指出，金圣叹在《水浒传》第二十五回评点中对武松"有鲁达之阔，林冲之毒，杨志之正，柴进之良，阮七之快，李逵之真，吴用之捷，花荣之雅，卢俊义之大，石秀之警"的评价同样佐证了这一观点。他认为如果要了解武松这一人物，应观察与他相类、相称、相对等有叠影关系的人物，进而解读武松这一人物形象的特点和意义。虽然从吴组缃起便有学者关注这一话题，但詹老师明确将"结构化的理解"作为方法论来解读小说人物，确实是人物形象研究的新路径，无论对《红楼梦》还是对其他古代小说的人物研究，都有相当重要的学术启发意义。

紧接着，潘老师以《西游记》中取经集团形象的转变为例，深入阐明了詹老师的"结构化理解"视角对解释小说人物形象塑造出现前后矛盾的问题。潘老师指出，《西游记》在

第二十二回取经集团集结完成，而进入整体结构中的诸多形象跟之前的形象确实存在差异，确证了詹老师关于人物塑造的结构性调整与故事情节发生动态性变化的观点。以猪八戒为例，虽然之前猪八戒展示过自己的独立价值，还衬托了孙悟空的能力之强，但进入团体之后，人物功能需要重新定位，所以作者将猪八戒变为搞笑、偷懒、有小过而无大过的形象，成了孙悟空的反面陪衬，增强了文本的戏剧效果。潘老师认为这种设置是作者做出的结构性调整，将人物形象放到特定的人物关系结构中，厘清了很多小说阅读中的问题。

最后，潘老师回到最初的问题——小说人物研究如何打破瓶颈？他认为，这需要小说研究者多提出创新性的视角或框架。潘老师强调了具有学术创造力的概念、术语和研究角度对深化或推进小说人物研究的重要意义，而詹丹老师的"结构化"概念对小说人物研究而言，同样具有广泛的学术意义，为学人或爱好者提供了多样化的创新性视角。同时，潘老师从"整本书阅读"这一热点问题进行补充，指出詹丹老师在讲座中体现了对《红楼梦》文本的熟悉，因此他认为结构化理解必须建立在整本书阅读的基础上，系统、全盘地掌握整本小说才能实现从结构化层面理解人物的目标。

接下来，赵建忠教授对此次讲座进行学术总结。他认为，詹老师近期从事的"整本书阅读"项目及发表的系列文章观点十分精彩，研究也极为细腻。潘老师在关于故事性的解读方面进行了补充，并以结构化的方法论观照其他小说，很有启发价值。赵老师认为，詹老师的分析是一种透视的分析，尤其是讲座中谈及的《红楼梦》人物男女比例问题，詹老师的分析结论使他印象深刻。赵老师从具体的《红楼梦》结构对詹老师的讲座进行总结，他指出传统小说结构多样，例如《水浒传》的冰糖葫芦式结构或链式结构、《三国演义》的扇形结构、《金瓶梅》的网状结构等。赵老师借用鲁迅的《红楼梦》"把传统的写法打破了"的说法，表示《红楼梦》的确区别于中国其他传统小说，其结构也更为丰富，对之前《金瓶梅》的网状结构既有继承也有超越。随后赵老师也评价了讲座中提及的《重读〈红楼梦〉》和《古代小说研究十大问题》两本论著，认为其对《红楼梦》研究、小说艺术研究、人物研究以及结构的探讨实现了学术上的新生长点，给人以相当多的方法论启发。最后，赵老师谈及寻找《红楼梦》研究课题的困难，他表示细读文本是解决这一问题的路径之一，是《红楼梦》研究的重中之重。

进入提问和即兴发言环节，马来西亚中学语文教师黄浩宁老师提出：读者未察觉《红楼梦》中男女比例问题，是否源于作者将贾宝玉间接女性化的写作方法？傅修延老师有"甄宝玉为贾宝玉的镜像人物"这一观点，而甄宝玉在推动贾宝玉违背大契约、履行小契约上是否有所贡献？詹老师认为，"读者对女性留下深刻印象"很大程度上是因为作者塑造的女性人物比较成功，所以让人产生女性多于男性的错觉。其次，《红楼梦》前80回男女比例基本平衡，但后40回男性比例远高于女性，詹老师表示这种情况与作者为人物设定活动空间有关，因为前80回的写作对象集中于大观园这一女儿世界，后期才转为外部世界。他认为黄老师提及的贾宝玉间接女性化和"女性视角"可能也是原因之一。关于第二个问题，詹老师以宝玉梦游江南为例，表示从结构上解读甄宝玉和贾宝玉之间的镜像关系，可以发现两者关系不仅具有相互补充的价值，在某种意义上还存在着互相否定的内涵。他认为，中国传统是以男性视角统摄女性，贾宝玉作为一个自我中心者，不仅需要借助龄官等女性的否定，同时也可以通过同为男性的甄宝玉对其加以否定，如此"双管齐下"，才能否定传统的男性价值标准，凸显新的思想意义。

中国社会科学院的井玉贵老师表示非常荣幸聆听詹丹老师的讲座，他认为，《红楼梦》研究，包括整个中国古代小说研究，都面临着"如何找到一个更好的学术生长点"的问题，而詹老师通过他的研究给我们做了非常好的示范。此次讲座从结构方面讨论人物研究，对很多文本问题或矛盾都做出了创新性的解答。同时，井老师认为詹老师提倡的质疑式阅读很有必要。现代人要用现代的眼光对文本进行反思，命运无常观的确存在于《红楼梦》之中，尤其值得我们反思的是，我们应该理性地反思命运无常观，如果完全认同，会影响我们对一些问题的看法，曹雪芹的命运无常观确实开脱了当时社会的礼法和制度的不合理，我们没有必要神化曹雪芹和《红楼梦》。

胡晴老师简要对本次讲座进行全面总结，重申本次讲座展现了学术上的薪火相传和学人砥砺前行的精神，而作为研究者，应做好本职工作，做好学术的传承、传播和普及工作。最后，胡晴老师再次感谢詹教授的辛苦主讲、潘建国教授的精彩发言和赵建忠教授的深入总结，以及线上各位老师的智慧贡献，随即宣布本期论坛圆满结束。

中国艺术研究院

红学论坛 2020·第 六 期

金陵十二钗排序原则漫谈

时　　间：2020 年 12 月 19 日 14:00—16:30

主 讲 人：沈治钧

与 谈 人：董　梅　卜喜逢

学术主持：张庆善

学术总结：孙伟科

2020 年 12 月 19 日 14:00—16:30，由中国艺术研究院红楼梦研究所与《红楼梦学刊》编辑部共同主办，中国艺术研究院研究生院中文系、艺术学系倾情协办的"中国艺术研究院红学论坛"第六期仍在网络平台按时召开。本期论坛主题为"金陵十二钗排序原则漫谈"，由北京语言大学沈治钧教授主讲，中国艺术研究院红楼梦研究所张庆善研究员担任学术主持，中央美术学院董梅副教授、中国艺术研究院卜喜逢副研究员与谈，中国艺术研究院红楼梦研究所孙伟科教授负责学术总结。论坛议题也受到院内外众多专家学者的关注，通过腾讯会议和哔哩哔哩平台关注本系列论坛并积极参与学习与讨论的热度持续上升。马来西亚马来亚大学、新西兰海客谈瀛洲读书会也对论坛进行了实况转播。

张庆善研究员先对本次论坛的嘉宾进行介绍。本次论坛的主讲嘉宾为北京语言大学的沈治钧教授，他兼任中国红楼梦学会副会长，著有《中国古代小说简史》《红楼梦成书研究》《红楼七宗案》，合著《新批校注红楼梦》等，另有论文近百篇。参与座谈的嘉宾董梅老师是中央美术学院人文学院副教授，从事古典文学研究和教学，主要研究方向为《诗经》《红楼梦》、古典文学与中国文化精神、中国传统文化与文学的视觉研究。发表红学论文《般若十喻与蕉棠两植——试从〈红楼梦〉的隐性文本探讨其证空、证情之二元主旨》等。另一位参与座谈的嘉宾是中国艺术研究院红楼梦研究所卜喜逢副研究员，其研究领域为《红楼梦》与明清小说，已发表论文二十余篇，著有《红楼梦中的神话》。孙伟科教授担任此次论坛以及 2020 年系列论坛的学术总结，孙老师是中国艺术研究院红楼梦研究所副所长，《红楼梦学刊》主编，中国艺术研究院艺术学系主任、教授、博士生导师，主要从事《红楼梦》研究、艺术学研究等。

张老师表示曹雪芹对《红楼梦》金陵十二钗的排序对《红楼梦》的整体构思来说是个大问题，其中蕴含着作者的深刻思考。曹雪芹在《红楼梦》当中如何安排人物次序？在整体构思中，曹雪芹有哪些想法？在《红楼梦》整体结构中，这种排序起到哪些作用？这些问题确实需要分析和解读，张老师表示非常期待沈教授可以对这些问题进行解答。

沈治钧教授非常感谢张庆善先生的主持、孙伟科先生的总结，以及卜喜逢老师的与谈，也很高兴认识一位新朋友董梅老师，感谢石中琪老师的幕后操劳，也感谢线上的朋友和爱好者对此次讨论的关注。沈老师表示本次讲座的题目并不是他的别出心裁，而是许多红学家曾研究过的一个话题，主要参考俞平伯先生、余英时先生以及香港宋淇先生的观点，也加入了他个人的理解，可能存在错误，请大家批评。

沈老师以《红楼梦》第五回的文本作为依据，对正册、副册、又副册的金陵十二钗进行初步排序，而副册目前可知为甄英莲，而又副册则是晴雯与花袭人。沈老师表示，有些学者针对"又副册除了香菱以外还有谁呢？是不是还有平儿？是不是还有一些重要的亲戚，比如薛宝琴、邢岫烟、李纹、李绮等人呢？又副册除了这两位丫鬟，晴雯、花袭人之外是不是还应该有其他人呢？"等问题展开研究。他认为，曹雪芹早已将排序原则进行了较为明确的表述，并提出了《红楼梦》金陵十二钗的排序原则。

一是综合性的考量。沈教授通过梳理中国古代小说的发展脉络，指出中国古代的小说存在以"榜"的形式排布人物的传统，比如《水浒传》对英雄排座次、《封神演义》最后的封神榜以及《儒林外史》的幽榜等。其中，沈老师以《水浒传》中宋江为例，阐释了一百零八将的排布原则。他认为宋江虽武功不高，但却具有领导才能，参加梁山起义活动也非常早，有很大的名声和影响力，也有"及时雨""仗义黑三郎"之称。因此，无论是《水浒传》还是其他古代小说，排序原则并不是单一地以武功或者战功的高低多少的标准排布，而是一种综合性的考量。随后沈老师将此观点应用于金陵十二钗的排序之中，他表示金陵十二钗排序的首要原则就是综合性。他从《礼记》中"德言容功"的四个方面要求进行阐释："德"即品德、道德，反映在金陵十二钗的排序中，即表示品德的缺失可能会影响排名的前后；"言"即言谈举止，特别是语言表达的才华；"容"为相貌；"功"即生活中具体做的事情，如管理等方面。

87

二是特殊性安排。沈老师指出，庚辰本中第二十一回脂砚斋的评语曾说："通部情案，皆必从石兄处挂号。然各有各稿，穿插神妙。"其中，"情案"即第一回所说的"大旨谈情"，因此《红楼梦》区别于《水浒传》及其他小说，有"情榜"一说，是以"情"作为重要的衡量标准。例如在脂批的"情榜"中，贾宝玉是"情不情"，林黛玉是"情情"，"无情"可能是薛宝钗的评语。沈老师通过阐释这些评语指出，小说中其实描写了各种各样的情，主要包括爱情、亲情、友情等几个方面。"情"是《红楼梦》非常重要的特点，同时也是考虑金陵十二钗排序时的一个核心原则。因此，除"德言容功"要综合考虑之外，还要特别考虑"谁离贾宝玉的关系更近"以及"谁在感情方面跟贾宝玉的纠葛最为亲密"的问题。但作者书写时也并不刻板，而是各有各稿，所以需要读者用心去理解。

紧接着，沈老师通过对金陵十二钗的两两对比，阐释金陵十二钗的排序意旨：

（一）林黛玉与薛宝钗。沈老师通过解读林黛玉和薛宝钗的判词，讨论金陵十二钗正册的第一名和第二名的争议问题，即到底是林黛玉第一，薛宝钗第二，还是说薛宝钗第一，林黛玉第二？他认为，作者没有给我们一个明确的答案，从判词里可知，"停机德"说的是薛宝钗，"咏絮才"描写的是林黛玉，看上去好像是宝钗第一，林黛玉第二。但是到画册上，又换成"玉带林中挂，金簪雪里埋"，则是林黛玉在前，薛宝钗在后。他认为，金陵十二钗相邻的两个人物之间存在对比关系，例如小说中经常对二人的容貌、诗才、性格特点等方面进行比较等，沈老师认为形成这种处理方式的原因可能是作者很小心地掌握着二人之间的平衡。沈老师通过阐释《枉凝眉》曲，表明贾宝玉不愿在林、薛的排序上作出决定，而曹雪芹同样也不愿直接在夫人与恋人之间分出高下。沈老师补充道，根据又副册晴雯和袭人排序反推出林为第一、薛为第二的方法虽然合理，但却不是第五回提供的确定答案，他进一步指出，这种模糊的设计实际上是曹雪芹有意让读者参与小说创作的一种手段。

（二）元春与探春。元春是贾宝玉的长姐，从小照顾宝玉，与宝玉关系较为亲密，后期又进宫为妃，地位显赫。而探春虽在"德言容功"和其他才能中有过人之处，且与元春同父异母，但始终一庶一嫡，排在元春之后。沈老师表示，按书中描写可知，元春可能年龄最大却排在第三位，因此他认为作者曹雪芹实际对宗法意识看得很淡，并指出金陵十二钗的排序与年龄和宗法秩序无关。通过对比《百家姓》与《红楼梦》的排序规则，他指出宗法秩序或社会关系决定了《百家姓》中"赵"的次序，而《红楼梦》是以情为主，因此是将元春与探春表现的亲情作为一种情感关系排序。随后他指出庚辰本中直呼"元春"其名，而在程甲本、程乙本中则变为"贾妃",其中程本的称呼反映出的宗法意识并不符合作者原意。

（三）史湘云与妙玉。很多学者猜测史湘云是贾宝玉丧妻后的"新妇",沈老师认为这种说法显然是错误的,他从古代宗法关系推演认为,续弦妻也应为正妻,在金陵十二钗中排名第五是不合理的。而第六名的妙玉形象比较特殊,与贾家没有任何亲戚关系,为何在排名中却占如此之高的地位呢？沈老师认为妙玉与湘云存在一定的共性,既惊才绝艳,又游离于贾府之外,又都是贾宝玉的知音与朋友。他阐释文中细节,并指出二人与贾宝玉之间是朋友关系,她们靠前的排名是金陵十二钗以"情"排序的明证,也可见作者在排序时将友情看得很重。

因此,沈老师总结道,前六名一组是爱情,一组是亲情,一组是友情,可见曹雪芹对情感关系中的侧重。

（四）迎春与惜春。沈老师表示,虽然迎春与惜春是宝玉的堂姐妹,但却分属第七名和第八名,他通过对二人性格、能力与结局的分析,指出二人诗才一般,性格方面也各有缺陷,可见金陵十二钗的排序既有"情"的羁绊,也有对才能的要求。因此,与第三组人物对比可见,在作者眼中特殊友情是大于普通亲情的。

（五）王熙凤母女。这一组是宝玉的嫂子与侄女,体现了亲情关系,且母前女后符合正常的排序规范。沈老师补充道,王熙凤虽然是《红楼梦》中着墨最多的角色，但却排在第九，可见排序与笔墨多少毫无关系。沈老师通过对比母女的性格、能力与结局，从亲情关系角度表明嫂子、侄女的关系确与姊妹隔了一层，也从人物品德与行为方面阐释了王熙凤德行欠缺是排序较为靠后的又一原因。

（六）李纨与秦可卿。沈老师表示，李纨虽为贾宝玉亲嫂子，但李纨作为寡妇确实生活较为无趣，并没有展示出人生价值，因此排名在王熙凤之后。他指出，俞平伯曾认为秦可卿是金陵十二钗中样貌最好的，"鲜艳妩媚有似乎宝钗，风流袅娜则又如黛玉"，但却排在最后一位。沈老师认为这一组同样存在对比关系，二者一贞一淫；一是宝玉的亲嫂子，一是宝玉侄媳妇。而二人排位靠后的主要原因在于，曹雪芹的个人评价中认为李纨是具有人生遗憾的，而秦可卿则有道德缺憾。随后，沈老师补充另一条原则，即所有进入《金陵十二钗》正册的女子必然饱含着作者正面的评价，因而她们都是悲剧人物，作者也将她们归为同情的对象。

据文本可知，在副册当中仅香菱一位，同时也是小说中的第一位薄命女郎。沈老师详细说明了香菱的诗才、性格与林黛玉相似的特征，也表明在书中没有明确对比人物的情况下，以副册排序说明林黛玉应为正册第一位似乎是不合适的。而又副册则明确写出第一位是晴雯，第二位是袭人。沈老师通过对比晴雯与袭人的人物性格，指出虽然袭人是小说中着墨最多的丫鬟，性格温柔和顺，又有花姨娘的名与实，但却排名又副册第二。而晴雯天真浪漫、风流灵巧，脂批中也有"晴有林风，袭乃钗副"一句，因此很多人以此观照正册，认为林黛玉应为第一，而宝钗应为第二。沈老师认为，虽然存在一定道理，但更表明了在作者曹雪芹的眼中，情爱要大于性爱。

最后，沈老师总结个人的一些感想。第一，他认为正册、副册、又副册之间是有关联的，而这种层级性的构成是以客观社会标准进行区分的。正册是由小姐、少奶奶等"主子"构成；副册是以"半个主子"的妾或亲戚构成，可能有薛宝琴、平儿、尤二姐、尤三姐等人；又副册则是由丫鬟构成；脂批中提及的三副与四副也可能由优伶等人构成。他补充道，虽然这些形象都以社会身份的差异进行分类，但并不能表现曹雪芹内心夹杂着阶级观念。第二，小说以"成群"的概念来塑造人物。正册、副册、又副册所展示的女性形象是被通盘考虑的，并以"特犯不犯"之笔，故意让相似的情节反复出现，却让人觉察不出重复，值得当今作家借鉴。第三，他指出金陵十二钗的排列顺序是以"情"为核心所进行的综合性考虑。第四，沈教授认为作者在小说写作过程中摒弃了很多旧的宗法秩序观念，具有一定的叛逆意识，而这种意识正反映在了十二钗的排序之中。第五，从各种迹象来看，《红楼梦》大体已完成，后半部为待整理的状态。沈教授认为其根据首先在于脂批写出了很多完整的回目。其次是从成书过程来看，《红楼梦》具有"先有正文，再分出章回，转为目录"的写作特点。因此，后半部的回目是完成的，《红楼梦》也只是处于有待于整理的阶段。再次是文本中如此讲究的排序原则。沈老师认为，成书之后需要体现完整的结论才符合创作的规律，即在全书写成之后才能完善第五回，因而有"第五回乃全书总纲"之说。第六，金陵十二钗存在名额限制。正册、副册、又副册都是十二个名额，人物设置要有通盘的考虑和设计考量，并符合成群、成系统的概念，不能随意更改。沈老师指出，正因如此，作者在写作中增删了一些内容，并对人物形象的数量进行完善。随后他以巧姐的人物设置（"大姐"与巧姐两个形象合二为一的处理方式）以及媚人形象的消失、檀云戏份的减少等文本内容，说明十二钗的名额在写作中的制约作用。最后，沈老师表示金陵十二钗的排布展示了曹雪芹负责任的态度和通盘的考虑，这也是能从正册、副册、又副册中归纳出排序原则的原因，这一排序原则保证了人物形象的质量，也给学人带来很多启示。

讲座主持人张庆善研究员感谢沈老师的精彩演讲，认为沈老师的讲座将金陵十二钗的正册、副册、又副册间的人物关系，以及作者谋篇布局的深刻思考与具体的人物关系紧密相连，体现了作者对人物塑造的用心及其写作中透露的整体性思维。紧接着，张老师邀请董梅老师以及卜喜逢老师就这一话题进行与谈。

董梅老师表示非常钦佩沈老师的学术前瞻性以及学术建构的严谨性，敬重沈老师对《红楼梦》文本了解之深入、学养之深厚。董老师认同沈老师的观点，即《红楼梦》的研究应该形成一种以科学的、人文的研究为指挥的全新的小说批评话语，融汇古今与中西的理论，从而形成了中国古典小说的新研究体系。而具体到金陵十二钗的排序问题，她非常同意沈老师的观点，即排序体现的是以社会性为主的考量。

紧接着，董老师以个人研究为切入点对妙玉与惜春这一对人物形象进行分析和补充。她指出妙玉的排序问题，不仅可以像沈老师那样将妙玉与湘云对比，还可以将惜春与妙玉对比。董老师不认同"《红楼梦》是一部佛经"的观点，她认为首先文学不是任何一种宗教或文学图式，其次作者确实在《红楼梦》的主旨中体现了佛学智慧与对生死的思考，但最后的追问却超越了生死问题，而转向对生命意义的探究。因而，董老师提出：惜春的人生趋向于走入空门，而妙玉身在空门之中，两者排序为何一前一后？她认为，解答此问题需要对比二人，进而理解《红楼梦》中佛学之"空"的意义，即"空"和"情"的辩证关系或主次关系。她表示，在人生意义的追寻过程中次第、高下是不同的。妙玉在佛门之中是不自愿的，她有现实处境和内心的身份自我设定、内心向往之间的矛盾。董老师以第七十六回湘云、黛玉中秋联诗为例，指出妙玉的突然出现表现了她"失了闺阁面目",即始终认为自己是闺阁人,却又不得不在空门之中等待韶华老去的内心状态。董老师认为妙玉有自己的红尘愿望和她的生命痛点,是属于典型的"正邪两赋"人物。随后她又以群芳开夜宴后的情节,对比邢岫烟与宝玉对妙玉的态度,展现出人物的独特性,并指出只有双玉理解妙玉心中怀有红尘向往与青春热情的生命处境。而回看惜春,因为她仿佛是自性归空的,无须经历人世间诸法各种考验,就能从自性中趋向于空,似乎应是惜春排名靠前,但实际上她并无"因空见色,由色生情"的过程,也始终并未对人间生情。董老师表示,作者让妙玉先于惜春,显示了作者对《红楼梦》之归空、回情的体现。由此可见,金陵十二钗排序展现了以"情"为核心的特征。

此外,又副钗中晴雯和袭人的排序,可能与《红楼梦》的成书相关联。董老师以第二十八回宝玉被《葬花吟》激发为例,指出这是宝玉第一次和死亡这个观念短兵相接。他一而再、再而三地推导开去,就出现了三个名字——宝钗、香菱和袭人,最后推演及对个人本体的生存困惑。她认为这一部分代表了宝玉证空的一刻,而这三个人的顺序对比第五回排序,似乎可得出宝钗与黛玉并举,香菱为首位的排序,袭人应是又副钗首位的结论。针对此问题,她先以第七十六回的《芙蓉女儿诔》为例,指出此文是一篇"情文",而晴雯形象正是为这一诗文而生,进而编织入小说。其后她表示晴雯是带有哲学功能的人物，其在撕扇的情节中，作者实是借撕扇表达情悟观，即"与有情人有情，与无情物亦能有情"。董老师据此推测晴雯可能是作者不断完善其哲学思考过程中而后补入书中的人物。

董梅老师总结道，宝玉更如作者理想人格的寄托，是作者的精神之子，而十二钗大序列不仅展现了众人与宝玉的亲疏关系，也照应了作者关于人格理想的排序。她详细分析了宝玉初入太虚幻境以及贾瑞风月宝鉴情节，指出太虚幻境是"情"之幻境，其正殿的名字为空灵，"空"与"灵"也同样以佛学和道家的概念奠定了其哲学内蕴，展示为儒、释、道三元俱全的价值依据。因此，从全书主旨以及证空、证情的角度来看十二钗排序，董老师认为，其构成是作者以"正邪两赋"为基础人性论进行的人格理想排序，同时在写作中插入了人间秩序或伦理性。

卜喜逢副研究员表示金陵十二钗的排序是个人认知的体现，其排序原则不仅具有综合性，而且以"情"排序，体现了曹雪芹的思考。他指出，这些人物都有共同点，即将宝玉推向了悟，从而使《红楼梦》成为一个整体，让宝玉在明了"白茫茫"后走向出世。卜老师表示这些人物都具有典型意义，又代表着不同的人生道路，并将十二钗分为四类，即出世、入世、懵懂、随波逐流。出世的人物形象即林黛玉、史湘云、妙玉、惜春、李纨。入世与出世相对，代表了"兼济天下"的人生追求，而《红楼梦》中的入世则是欲望的满足，是现实的、多样化的，其中代表人物为薛宝钗、元春、王熙凤、探春、袭人等。而《红楼梦》中也有如晴雯、巧姐等懵懂的人群，以及第四类缺失自我、随波逐流的人群，即香菱和迎春还有秦可卿，她们的形象具有悲剧性，无力改变自我生活轨迹，只能任人摆布。因此，卜老师认为正是由于金陵十二钗体现了不同人生道路，同时也影响了她们在十二钗中的次序。

其后，张老师邀请沈老师对与谈嘉宾的交流做出回应。沈老师首先对两位与谈嘉宾表示感谢，随后补充：金陵十二钗存在的名额或人数限制对曹雪芹来说也是一种束缚。沈老师以秦可卿与贾蓉的家庭关系为例，指出贾蓉在秦可卿死后又娶了新的夫人，但作者对其着笔甚少，甚至连名字都没有出现。他表示这样写作的原因就在于十二钗的名额限制，因而对人物描写进行了模糊处理。沈老师再次强调，虽然金陵十二钗的位置在第五回被提出，但其中体现的构思与设计在全书具有纲领性。

随后，张老师对本次讲坛进行简要梳理，并请孙伟科教授对本次论坛进行总结。孙伟科教授表示沈老师的讲述十分详细，两位与谈嘉宾的阐释角度都具有创新性，他们的讲解已不局限于从排序的角度来讨论金陵十二钗，而是深化丰富了这一主题。中国艺术研究院立志将其相关学科打造成为真正的国家学术中心，孙老师表示，红学论坛的开展得到了中国艺术研究院很大的支持，让更多一线学者到平台中进行学术宣讲，充实学科内容，并和广大的红学爱好者充分互动，表明了真正将学术提高与普及相结合的目标和决心。他认为，《红楼梦》作为一部"非传世小说"，写透世情，对人性的描写非常有深度，其开篇也有"都云作者痴，谁解其中味"，它特别适合在志趣相投的朋友或是对人生、社会生活有共同感悟的人之间相互传阅交流，也适合《红楼梦》学者与爱好者们以交流切磋的论坛形式进行探讨，正符合了曹雪芹所期望的"解味"。

疫情构成了当下的特殊环境，2020年的六次红学讲坛线上线下双线并行，反而促成了全国红迷和学者越过时空阻隔，会聚一堂。2020年六次讲坛阵容强大，陈洪、陈文新、俞晓红、詹丹、沈治钧等各位教授都是处于红学界一线、成就卓著、影响巨大的学者，同时也代表了当下红学发展的水平。论坛无论是讲座内容设定，还是前期的宣传以及后期纪要写作和直播回顾，都付出了参与者们的很多心血，同时也获得了中国红楼梦学会的支持和引导。孙老师表示，正是通过多方面的配合，2020年的红学论坛取得了一定的成功，但未来的道路还很长，他期待未来与会的学者们可以继续无私奉献自己的智慧，也希望中国艺术研究院继续投入资金以及人力，将红学论坛持续下去，真正让学术活跃起来，真正让学术与文学趣味、古典趣味的回归结合起来。

红学讲坛以讲为主，并结合与谈丰富内容和看待论题的方式。孙老师指出，红学作为一个学科，虽然其建设历史很长，但将红学作为一个自觉的学科、完善其"三大体系"建设却迫切需要被提上议事日程。孙老师表示，《红楼梦》的研究范式一直随着时代发生变化，从索隐的"反清复明"、胡适的"自叙本事"到"典型"与"创作方法"等，可见其话语富含的时代性。他认为，《红楼梦》研究话语形式的变化十分独特，这不仅是对《红楼梦》本身的切近，更体现了红学学术话语的特色，因此他希望通过这六次讲座向大家传递最前沿、最高端、最有学术价值的内容，并以讲座的形式致力于丰富《红楼梦》的研究话语。孙老师从《红楼梦》研究的"三文"（文献、文本、文化研究）三个方面，展示了《红楼梦》的学术体系特点，同时也指出了红学学科方法的跨学科性、特殊性以及学科范围的特色，论证红学的发展与三大体系建设的密切关系，表明在这个世纪，红学是最能彰显"三大体系"特色的学科。因而，本系列六次红学论坛一方面切入《红楼梦》文本与人物，讨论作者与读者之间的对话关系；另一方面根据论题间存在的间隙，深入对话内容，将其连接并构成《红楼梦》研究的全部面貌。

作为论坛的发起主办方，孙老师再次对参加讲座的嘉宾以及与谈嘉宾表达感谢。他表示学者们的辛勤劳动在很多与会的红学爱好者的反馈中得到了肯定，达到了向大众展现红学中可靠且主流的声音，以及向红迷朋友传播严肃学术声音的效果。最后，希望大家继续关注红学论坛。

最后，张庆善研究员再次感谢本次参会的嘉宾，并感谢广大的红迷朋友对讲坛的持续关注，随即宣布 2020 年的红学论坛正式结束，期待 2021 年再见。

中国艺术研究院 红学论坛

2021年

第一期　红学再出发（2021）：《红楼梦》的经典化及其研究

第二期　宝玉说红楼：走向经典

第三期　饮食男女：《红楼梦》中的性别问题

第四期　《红楼梦》「深意」观赏与探赜

第五期　新红学的百年回望与启示

第六期　《金陵十二钗》与曹雪芹

中国艺术研究院

红学论坛 2021 · 第 ⬤ 期

红学再出发（2021）：
《红楼梦》的经典化及其研究

时　　间：2021 年 6 月 19 日

学术主持：韩伟表

学术总结：孙伟科

2021 年 6 月 19 日，由中国艺术研究院红楼梦研究所、浙江海洋大学师范学院联合主办的"红学再出发（2021）：《红楼梦》的经典化及其研究"学术研讨会在浙江海洋大学（长峙岛校区）国际学术交流中心召开，会议为期一天。来自中国艺术研究院红楼梦研究所、浙江海洋大学、浙江工业大学、华东师范大学、浙江师范大学、安徽师范大学、浙江外国语学院、浙江越秀外国语学院、台州学院、江苏省徐州市作家协会、温州大学、中南大学、广西教育学院、浙江农林大学、福州大学、浙江树人大学的专家学者、学生计 44 人参加了本次研讨会。会议围绕"红学再出发"的中心议题，对新红学百年总结与学科建设、《红楼梦》与文学创作、《红楼梦》传播与整本书阅读《红楼梦》与其他文学的关系等话题进行了热烈的探讨。

开幕式由浙江海洋大学师范学院院长韩伟表教授主持。浙江海洋大学副校长徐汉祥在开幕致辞中介绍了浙江海洋大学的基本情况，以及学校近年在教育教学、科技创新等方面取得的阶段性进步与跨越式发展，他特别指出："在建党百年之际，中央发布了《关于支持浙江高质量发展建设共同富裕示范区的意见》，浙江成为继新时代全面展示中国特色社会主义制度优越性的重要窗口之后，再次勇担再出发的使命。中国艺术研究院红楼梦研究所和我们学校共同组织召开这次'红学再出发（2021）'学术研讨会，可谓正逢其时，深得其旨。相信顺应时代发展大势的专家学者们，一定会碰撞出新的红学思想火花，形成新的红学研究成果。"

中国红楼梦学会会长张庆善在开幕致辞中称，中国艺术研究院红楼梦研究所、《红楼梦学刊》编辑部这两年举办了一系列重要的学术活动，目的是加强与各高校的联系，征求对《红楼梦》研究以及《红楼梦学刊》的意见和建议，扩大《红楼梦学刊》的稿源，推进《红楼梦》学科作者队伍建设。红楼梦研究所和《红楼梦学刊》是冯其庸先生、李希凡先生等前辈创建的，在新时期红学发展中发挥了重要作用，之后也应该继续在红学发展中发挥应有的作用，成为联系全国《红楼梦》研究者和爱好者的纽带，也希望能够得到全国红学界的关心与支持。

张庆善会长同时指出，在新红学百年的时间节点，确实需要认真总结反思，为"红学再出发"做好充分准备。《红楼梦》的经典化正是新红学百年的重要成果，以至于《红楼梦》的研究能够成为一种专门的学问——"红学"，这在中国乃至世界文学史上，都是十分罕见的。《红楼梦》今天已经成为中国一种独特的文化存在，也是中国人的精神生活的一部分。但在新媒体时代，索隐派的沉渣泛起与大众文化快餐化的消费，使很多解读都偏离了《红楼梦》的经典价值。因而，我们要坚持红学研究的正确方向，要把《红楼梦》当作文学作品来读、来研究。阅读和研究《红楼梦》不是为了还原作家本事，更不是为了猜谜，而是重在阐释人文价值及深厚的文化内涵，重在欣赏、审美、感悟，重在品味经典之美。

浙江工业大学人文学院教授梅新林在致辞中表示，新红学百年是一个里程碑，"红学再出发"又是一个新起点，对学界同人来说，也是新的期待与考验。"红学再出发"需要解决五个问题。第一，再出发的起点在哪里？我们需要通过回顾历史，总结经验、教训。第二，要往哪里走？如果方向不清楚，努力就有可能白费。第三，方向确定了，要思考有哪些路径，从何处入手。第四，我们会面临哪些问题？要有"问题导向"。第五，就是成效问题，即如何检验再出发的成果。此外，梅新林教授还谈到了他正在进行的民国学术史编年工作，并结合扎实的文献史料，细致介绍了新红学建立初期，俞平伯、胡适、顾颉刚三位学术大师的交流与研究状况。他重点指出，俞平伯继承了胡适的三大问题，又发挥了自己的三大问题。继承的三大问题是：《红楼梦》的世界定位论、作者自传论、高鹗"狗尾续貂"论。自己发挥的三大问题是：三重态度论、"怨而不怒"论、南北地理论。我们今天的研究可以继续丰富对俞平伯红学成就的认识。

研讨会分为三场，第一场由梅新林教授主持。

华东师范大学中文系的陈大康教授回顾了自己阅读红学经典论著以及参与红学活动的经历。谈到"红学再出发"，他认为现在难以明确具体问题，但可以提两条再出发的精神。

第一，要破除定式思维。在文学史教学中，我们习惯了先讲时代背景、作家生平，再讲思想倾向，然后讲艺术特色。几年下来，学生知识掌握了很多，但是一种研究方法的模式也被固定在头脑中。《红楼梦》的研究也存在类似情况。从1950年到2000年古代小说研究的论文中，有近一半都是关于《红楼梦》的，但这里面存在大量雷同的模式，难以给人耳目一新的感觉。第二，要敢于提问题。在定式思维的影响下，有时候有问题意识也提不出问题。陈大康教授表示他读《红楼梦》就总是会有奇怪的问题。比如，曹雪芹为什么找了一个最坏的人贾雨村去给林黛玉当老师？书中写贾母、贾政都很喜欢贾兰，可为什么不写王夫人对贾兰的感情呢？明明写贾兰的年纪不需要奶妈了，可为什么迎春等人的奶妈还留着？此外，《红楼梦》的主题众说纷纭，也不断有人质疑。总之，打破定式思维，要敢于质疑，现在虽然无法预测后面的红学研究前景，但是这两个精神要保持。

安徽师范大学文学院的俞晓红教授近年在《红楼梦》整本书阅读领域用力甚多，她也结合自己的研究实践分享了诸多心得体会。俞晓红教授指出，以前的中学语文应试教育导致了很多片段阅读和片面阅读，大数据时代也滋生了很多碎片化、浅表性的阅读。教育部提出整本书阅读，就是针对这些现象而来的，更突出阅读的完整性和整体性。她认为可以通过九大情节来呈现全书的主要故事脉络。九大情节周围又有很多小故事，构成一种局部的整体性。俞晓红教授主张事先设计题目，课堂上请学生发言，分组研讨，教师进行指导，这样就能以问题为驱动，引导学生进行积极而主动的阅读。至于如何设计题目，俞晓红教授举例说明应该注重解决主线问题、前五回纲领问题、主要人物形象问题等；语言鉴赏的问题也可以与九大情节群联系起来。最后，俞晓红教授强调，整本书阅读对中学语文教师的素质也提出了更高的要求，他们应该具备学术上的鉴别能力，不要被一些"标新立异"的歪解带偏。

浙江师范大学人文学院的葛永海教授谈到了中国古代小说中的功能性叙事现象。他归纳了功能性叙事的四种基本属性，即重复性、共同性、功能性、包容性。具体而言，功能性叙事又体现为六个维度，即人物维度、情节维度、时间维度、空间维度、物象维度、题旨维度。功能性叙事的文本形态有单一性、重复性，叙事篇幅有整体性、片段性，笔法意义层面有直笔性、曲笔性，功能层面有明线递进和草蛇灰线。功能性叙事的涵盖面非常广，也是研究《红楼梦》经典化问题的一种路径，可以观照《红楼梦》的类型化与个性化问题。

浙江师范大学人文学院的高玉海教授一直很关心《红楼梦》俄译本的问题，之前也进行了很多相关研究，但有一个问题仍然没有解决：1959年出版的一部俄语中国古代文学作品选，收进了两回《红楼梦》，其底本尚不明确。高玉海教授举例分享了他的初步调查结果。第二回贾雨村转述甄宝玉之言，称"女儿"两个字比"阿弥陀佛，元始天尊"还珍贵。程甲本、程乙本将"阿弥陀佛，元始天尊"改作"瑞兽珍禽、奇花异草"，这个俄语作品选的翻译与程本相同，但其底本的更多信息还有待进一步考察。

浙江师范大学人文学院的刘天振教授对于《红楼梦》的研究方法提出了一点设想。他认为当下的《红楼梦》研究大多停留在思想艺术层面，较难推进。而近年小说知识学的研究逐渐兴起，这或许能为《红楼梦》的研究打开一条新的思路。虽然以往的红学研究中，已经有涉及饮食、服饰等知识性内容的讨论，但我们可以更加系统地从明清时期的民间文献、日用类书入手，去观照《红楼梦》的艺术世界。

浙江师范大学人文学院的崔小敬教授也关注到《红楼梦》整本书阅读的现状，并结合自己的听课体验，反思如何为中学生讲好"栊翠庵茶品梅花雪"的情节。崔小敬教授认为，这段内容需要把握四点：第一，妙玉接待贾母十分得体，这反映了她孤僻性格外能够融入尘世的一面；第二，黛玉坐到了妙玉的蒲团上，意味着妙玉与黛玉的关系，比宝钗更近一层；第三，小说写妙玉说黛玉是个"俗人"，是以黛玉之雅正衬妙玉之雅；第四，宝玉知道妙玉嫌刘姥姥用过的茶杯脏，是因为宝玉与妙玉在性情上存在相通之处。

浙江越秀外国语学院的李相银教授聚焦《红楼梦》文化

资源的开发与利用问题。他结合正定荣国府、北京大观园、上海大观园介绍了《红楼梦》文化产业的现状，进而指出，当下红楼文化产业的呈现主要是物质可视化，大多流于形式，内涵体现不足，基本停留在旅游参观的层面，游客满足感也不强。他认为打造《红楼梦》文化体验园会是一个不错的选择，其中可以融入场景娱乐、红楼餐饮、主题民宿、音乐金曲、文创产品等诸多元素。

中国艺术研究院红楼梦研究所的王慧副研究员早在2013年就思考过青少年阅读《红楼梦》的问题，对于当下的《红楼梦》整本书阅读，她指出，整本书阅读最基本的问题就是找到一个可靠的版本。人民文学出版社的新校本《红楼梦》完全适合中学生阅读，市面上的一些改写本会影响学生的阅读体验。此外，王慧副研究员还以北京、山东两地为例，说明了中学《红楼梦》教育的方式、方法、投入程度其实存在很大的地域差异，这是我们推进整本书阅读时需要注意到的问题。最后，她还强调，今天很多孩子真的很难喜欢上《红楼梦》，而《红楼梦》整本书阅读或许是一个很好的契机，能帮助孩子们培养出一个终身阅读的习惯。

第二场研讨由韩伟表院长主持。

浙江外国语学院的赵红娟教授是研究《西游补》的专家，2020年出版了由她点校的《西游补》。她认为，从家世背景来看，董说和曹雪芹的家族都经历了由盛转衰的过程，两部作品也因而表现出浓郁的哀愁和强烈的梦幻色彩。两部小说的总体框架和寓意也存在极大的相似性，都可以通过神话空间的调动与回归诠释出由情悟道的主题。此外，两部小说在"补天之恨"、镜子、色彩等内容上也存在相似的象征性；其女性人物的命名，亦有可类比处。

台州学院人文学院的张天星教授在近代史料与文学关系的研究中颇有心得，本次研讨会他便关注到晚清禁毁《红楼梦》的现象。他通过丰富的史料呈现出晚清禁毁《红楼梦》的整体面貌，进而结合史料辨析，指出晚清禁毁《红楼梦》的主要原因并非出于政治，而是《红楼梦》被视为"诲淫"之书。围绕这一结论，张天星教授又谈了两点启示：第一，我们在进行文学研究的时候，简单直接的观点或结论，可能会更接近真相；第二，《红楼梦》因情感描写细腻感人而遭到禁毁，这反而是对《红楼梦》艺术魅力的认同。

浙江海洋大学师范学院党委书记、副院长杨宁副教授谈了三点感想。首先，他回顾了自己阅读、学习《红楼梦》的经历，并指出随着阅历的积累，他对《红楼梦》的体悟也在逐渐加深。其次，新红学百年之际，探讨"红学再出发"的议题很有必要。本次研讨会在浙江海洋大学举办，能够为本校中文专业的科研打开新的方向。最后，浙江海洋大学近年在进行教学改革，非中文专业的同学也能通过学术讲座、公共必修课、大学语文等途径接触《红楼梦》，本次研讨会能进一步丰富浙江海洋大学的校园文化内涵。

浙江海洋大学师范学院的倪浓水教授既是学者，也是作家。学术研究与创作经验的结合，使他对《红楼梦》产生了一种独到的认识。倪浓水教授主张将《红楼梦》分成两部书来读，一部是纯叙事层面的，以表现小说中的人物情节为主；另一部是象征层面的，可借以探究《红楼梦》的寓意及其反映的清代史实。前者便于一般读者接受，后者则很大程度上属于学术研讨的范畴。浙江海洋大学师范学院的胡世文教授是语言学的专家，他指出语言学在语音、语义、词汇、语法等方面都能和文学研究紧密联系在一起。本次研讨会，胡世文教授即从《红楼梦》中生发了三个语言学问题。第一，我们今天常说"请假"，《红楼梦》中则为"告假"。汉语中的"告假"为什么发展成"请假"，是一个值得深究的问题。第二，"落后"一词，在《红楼梦》后 40 回是"落在后面"的意思，而出现在前 80 回时，则表示时间意义的"后面""后来"的意思。这种语义差异，能够辅助说明两部分作者语言风格的不同。第三，一些地区的方言中有"解手"一词，胡世文教授则认为"解手"应该看作一个短语，《红楼梦》即能提供相关例证，这是一个很有研究价值的问题点。

浙江农林大学文法学院的朱永香副教授也就青少年的《红楼梦》阅读状况进行了反思。她指出，虽然本次研讨会已有多位专家论及此问题，并给出解决方案，但现实情况可能比大家已经谈到的还要严峻。现在很多中学生都对《红楼梦》心存畏惧，他们不仅存在语言上的障碍，在内容价值层面也无法产生认同感。比如宝黛的爱情模式，他们就无法理解、共情。而且，据她了解，杭州很多高中是禁止学生课外阅读《红楼梦》的，浙江农林大学的大学生读过《红楼梦》的也寥寥无几，且数量逐年下降。在快节奏的智能时代，哔哩哔哩、短视频中的《红楼梦》元素，反而成为他们了解《红楼梦》的主要途径。这种脱离文本的接受，很令人忧虑。

中南大学文学与新闻传播学院魏颖副教授的《红楼梦》研究多是围绕文本细读展开的，本次研讨会她专门提出了《红楼梦》的对举互文性。她认为《红楼梦》的文本客观呈现出很多成对出现的人物、场景、意象，并存在场景、意象的关合，人物形象的相互映射，以及前后文本的相互指涉和比较等现象。她强调《红楼梦》在艺术结构中的对举互文性现象，体现了其叙事笔法的精妙，这是《红楼梦》能够成为经典的一个重要原因。

浙江海洋大学师范学院的中文系主任李学辰将《红楼梦》与狄更斯的文学作品进行了比较研究。她提出《红楼梦》与狄更斯的创作都存在掌管钥匙的女管家形象，《红楼梦》的代表性人物是平儿，狄更斯笔下的形象则有《大卫·科波菲尔》中的艾格尼斯与《荒凉山庄》中的埃斯特。她们都具有管家才能与处理人事关系的圆融技巧，且都体现出引导与救赎的意义。不同之处在于，平儿的引导救赎更多表现为世俗性；艾格尼斯与埃斯特的引导救赎具有宗教性，但最终落脚点在世俗家庭。

第三场研讨由《红楼梦学刊》副主编胡晴副研究员主持。

中国艺术研究院红楼梦研究所的李虹副研究员勤于《红楼梦》版本文献的查考，本次研讨会她分享了自己最近的一些调查成果。国家图书馆馆藏目录中有1936年国立北平图书馆根据清抄本摄影而成的《脂砚斋重评石头记》，也就是后来周绍良、周汝昌、曹立波等先生提到的"晒蓝本"，前人曾仔细比对过该摄影本与北师大本之间的异同，但对其来历背景一直不甚清楚。根据现有资料，庚辰本在1932年出现，1933年时，国立北平图书馆馆长蔡元培曾经与上海商务印书馆签订了一份"准予筹印善本图书办法"的契约，写明"甲方所藏善本委托乙方影印陆续发行"。但由于书目不详，该摄影本是否在此契约背景下产生，尚需要进一步考索。

徐州市作家协会副主席周淑娟以作家视角探讨了自己阅读、感悟、品评《红楼梦》的过程。她认为《红楼梦》是思想深刻的朋友、品位独特的老师，也是联系古代文学与现代文学最有质感的桥梁。《红楼梦》文本与社会现实之间相互映衬的关系，在很大程度上激发了她的创作热情。

中国艺术研究院红楼梦研究所办公室主任卜喜逢副研究员指出，新红学的建立，是以胡适发表的《〈红楼梦〉考证》

为标志的。这篇文章的影响不只在观点上，更主要体现为对后来学者的引领作用，使考据成为研究《红楼梦》的主要方法。事实上，考据本身是治经史的学术方法，胡适所做的《红楼梦》研究，方向仍然是"本事"研究的范畴。胡适的研究范围，在很大的程度上固化了红学的研究领域。研究曹雪芹的目的，是《红楼梦》的文学研究。回归文本研究，应该是未来红学研究的方向。

中国艺术研究院红楼梦研究所的石中琪副研究员认为，《红楼梦》的当代传播缺乏足够的学术引导。无论是中学生还是大学生，都很容易被索隐派的观点误导，相信《红楼梦》写的就是宫廷秘事。某些学科比较成熟的学者，甚至还对《红楼梦》作者为冒辟疆一类看法深感兴趣。这说明我们红学界同人对大众的正向引导，仍任重道远。此外，他根据学术史的演进，梳理出《红楼梦》经典化的阶段性特点。总体来看，《红楼梦》经历了一个从经典之补到学术研究经典，再到文学经典，最后到文化经典的过程。

福州大学人文社会科学学院讲师上官文坤把《红楼梦》中的人物形象归纳为三种主要模式：第一种为真心人，包含纯真之人、认真之人、率真之人；第二种为深情人，包含多情之人、痴情之人、纯情之人；第三种为清净之人，包含离世孤零之人、灵秀脱俗之人、风流清雅之人。他的分类与解读，使《红楼梦》人物研究展开得更为细致。

　　浙江树人大学人文与外国语学院讲师李雨泽指出，在《红楼梦》大众普及的过程中，无论是传统的传播形式，还是现在的新媒体途径，都存在片段化或碎片化的呈现。所不同的是，传统的片段演绎，以对《红楼梦》文本的整体观照为前提，表现出来的内容也与原始文本相去不远。而当代的片段改编，则往往脱离文本。这种与小说文本背离的设计，对观众是很不负责任的。我们只有先细读经典、贴近经典，才能谈"致敬经典"。

　　中国艺术研究院红楼梦研究所助理研究员孙大海认为，我们可以通过接受者与文本的互动去激活《红楼梦》文本研究的新问题。就小说评点而言，以往的研究多是比较孤立的，缺乏回归文本的一环。比如，陈其泰、洪秋蕃等评点家都认为史湘云这个人物形象不重要，传统研究可能停留在对这个看法的简单否定上。但如果顺着他们的思路反观文本，就能发现这一误解实由版本差异造成，且其中牵涉小说人物出场描写的理论问题。由这个问题出发，又能关联到《红楼梦》打破传统写法的大命题。从接受者反观文本的研究路径，应值得充分重视。

　　浙江海洋大学师范学院讲师张明明作为本次研讨会的主要联络人，向各位专家学者的到来表达了诚挚的谢意。她对于《红楼梦》的叙事节奏、高潮艺术已有比较深入的研究，希望未来能在红学研究中继续精进，并逐渐将研究范围扩大到中国古代文学与外国文学等领域。

中国艺术研究院红楼梦研究所副所长、《红楼梦学刊》主编孙伟科教授对大会进行了学术总结。他首先指出，浙江人杰地灵，这里的很多专家学者都为红学事业做出过重要贡献，堪称红学研究的重镇，今天在这里开会是一种必然。同时，湖南、江苏、福建等地学者的到来，又使会议呈现出一种全国性的面貌。其次，这次会议内容十分开放，诸位专家学者的谈话都不落空，能很有针对性地落到实处，体现出很高的学术水平。再次，这次会议充分显示了学术民主，几乎所有的参会老师都有智慧贡献、话题共享，这是红学研究一种崭新、积极的气象。

为增进与会专家学者对中国艺术研究院红楼梦研究所与《红楼梦学刊》编辑部的了解，孙伟科教授还补充了两点。

第一，本次研讨会，是中国艺术研究院红楼梦研究所"红学论坛"的一个组成部分。红学论坛是由中国艺术研究院专项设立，红楼梦研究所、《红楼梦学刊》编辑部主办，研究生院艺术学系、中文系联合协办的学术高端论坛。2020年红学论坛已经做了六期，社会影响非常好。本次研讨会则是2021年红学论坛的第一期，又是一个新的起点。孙伟科教授希望能充分发挥红学论坛的学术引导与示范作用，也希望各位专家学者与广大《红楼梦》爱好者能多多支持红学论坛的发展。

　　第二，当下确实是《红楼梦》传播的兴盛期，《红楼梦学刊》依然拥有大量的读者。但在新红学百年之际，我们还是要静下心来反思如何使红学发展再次腾飞。前些年，梅新林教授曾提出建构"红学新批评"，即追求红学的新方法、新境界、新视域，这个观点很重要。相比 20 世纪 80 年代红学的巨大影响力，今天的红学已趋于平淡。如果不求"新"，红学就会停滞，失去读者。所以，红学的重新振作，还得靠大家在学术上不断创新。现在《红楼梦学刊》上的文章，有相当一部分都是中规中矩的，看起来很规范，但读完却感觉思想苍白。站在学术高地发挥引领作用，既是要求，也是挑战。《红楼梦学刊》一直希望起到培养人才、推出成果、形成队伍、提供平台的作用。希望大家都有变革意识，一起推动红学发展的质变。

中國藝術研究院

红学论坛 2021·第 ⬤ 期

宝玉说红楼：走向经典

时　　间：2021 年 9 月 26 日 14:30—17:00

主 讲 人：欧阳奋强

与 谈 人：孙伟科　陶　玮

学术主持：张庆善

学术总结：石中琪

2021 年 9 月 26 日 14:30—17:00，由中国艺术研究院研究生院教务部、中国艺术研究院红楼梦研究所、《红楼梦学刊》编辑部联合主办的中国艺术研究院 70 周年院庆系列活动之红学论坛（2021）——"宝玉说红楼：走向经典"于中国艺术研究院南区研究生院三楼学术报告厅成功举办。

本次论坛由中国艺术研究院研究员、中国红楼梦学会会长张庆善担任学术主持，邀请到的主讲嘉宾是国家一级导演、八七版《红楼梦》（后文统称"八七版《红楼梦》"）中贾宝玉的扮演者欧阳奋强，与谈嘉宾为中国艺术研究院红楼梦研究所教授孙伟科、《红楼梦学刊》编审陶玮，并由中国艺术研究院红楼梦研究所副研究员石中琪担任学术总结。2021 级全体硕士、博士研究生共计 200 多人参与了此次论坛。

论坛开场，中国红楼梦学会会长张庆善首先向大家介绍了主讲嘉宾欧阳奋强，对其能够应邀出席表示诚挚的感谢。欧阳奋强是国家一级导演，曾拍摄几十部影视剧，具有很强的影响力，但"贾宝玉"的名字要比其导演的称号更为响亮，此次论坛主题为"宝玉说红楼"则恰如其分。八七版《红楼梦》成为影视剧改编的经典之作，其成功是由四个因素造就的，即剧本改编得恰当、导演优秀的执导、剧中美妙的音乐及演员精湛的表演。每个角色都演绎得恰如其分，十分符合原著。欧阳奋强将书中的贾宝玉栩栩如生地展现在荧屏上，得到了广大观众的认可，在此之前，由于无法找到符合贾宝玉形象气质的男性演员，各种改编作品中的贾宝玉则多由女性演员扮演。可以说，欧阳奋强饰演的贾宝玉在中国艺术史上是极为难得的贡献。

随后，在主讲环节中，欧阳奋强回顾了八七版《红楼梦》的拍摄历程。他表示，八七版《红楼梦》是属于他青少年时期不可磨灭的印象。该剧虽播出于 1987 年，实际上于 1982 年便开始筹备，播出至今近 35 年，几代观众将其奉为不可超越的经典。二百多年前，曹雪芹为人们奉献了这部伟大的文学作品，电视剧是站在巨人的肩膀上再次登上的高峰。若没有优秀的文学作品作为基础，便没有今日人们津津乐道的八七版《红楼梦》。所以，当我们不断谈论电视剧《红楼梦》时，更不要忘记是曹雪芹给了这部剧坚强的后盾和基础。同时，也不要忘记八七版《红楼梦》拥有的创作环境和氛围。30 多年前的生活比诸今日，十分匮乏，在那样艰苦的大环境下，一群默默奉献的电视剧创作人员，不计酬劳，耗费八年时光将《红楼梦》搬上荧屏，每一位主创人员的青春都被刻在了电视剧《红楼梦》的名单里，这不只是一次辉煌，更是一次无私的奉献。20 世纪 80 年代初期，中国在文学、思想、学术等方面都迎来了一个全新的春天，给怀有美好理想的创作者带来了可以无限进行创作的空间，八七版《红楼梦》的成功离不开这种美好的创作氛围。

1982 年，中国电视艺术代表团访问英国，导演王扶林注意到了国外影视剧生产的先进性。英国电视台把很多世界经典名著以影视剧这种通俗的方式传递给了人民大众，而当时的中国，只有少数家庭才拥有电视机，人们对"电视连续剧"的概念并不十分明晰。况且，电视上播放的许多长篇电视剧都引进自国外，中国拍摄的均是 90 分钟左右的短剧。在这种启发之下，王扶林导演回国后决定也将中国的经典名著搬上荧屏，他认为四大名著中的《红楼梦》是最容易拍摄的。之后，中央电视台决定花费几年时间将四大名著分批次地拍摄为电视连续剧，《红楼梦》的导演则由王扶林担任。为了能够更好地诠释这部作品，王扶林导演曾在家中用一年的时间研究《红楼梦》，并拜著名红学家胡文彬先生为师，这些都为他拍摄电视剧《红楼梦》做了很好的文化准备和铺垫。

王扶林导演从未敢想能将电视剧《红楼梦》拍摄为一部经典之作，他只想用影视这种通俗的方式让更多的观众了解到《红楼梦》，进而去阅读原著本身，但拍摄过程中却面临着重重困难。除了资金的匮乏，组织一个优秀的创作团队更是巨大的难题，在电影为王的时代，电视剧显得没有文化，电影才是创作之本。王扶林导演给一群没有名气的年轻人提供了一个展现才华的舞台，因为《红楼梦》的摄影、服装、灯光都是一群热爱《红楼梦》的年轻人。《红楼梦》的服装设计师——史延芹，当年只是山东省话剧院的一个默默无闻的服装设计员，因在报纸上看到拍摄《红楼梦》的消息，便毛遂自荐找到王扶林导演，将自己的设计稿让其过目。王扶林被她的精神感动，但不敢轻易让一个没有经验的年轻人担任《红楼梦》的服装设计工作，只能允许其参与服装管理工作，史延芹很乐意地进入了《红楼梦》剧组。后来，由于剧组资金不够，无法支付设计师为主角们绘制的服装图稿费用，而在此之前，史延芹曾为剧中群众演员设计过服装，并获得了王扶林导演的赞许，王扶林临时决定让史延芹担任《红楼梦》的服装设计师。至今为止，人们还在津津乐道八七版《红楼梦》的服装极为精美，可见她设计的服装不仅具有历史感，还有时尚感和超前感。

另外，演员的选择也面临着难题。王扶林导演改变了选择演员的思路，通常情况下，导演都会选择较为出名的演员作为电视剧的主角。王扶林考虑到宝、黛、钗等人物的年龄问题，便决定不找明星，而是要寻找形象、年龄和气质都吻合读者心目中的"红楼梦中人"。一部作品的成功或许有天意和运气的成分在起作用，但开始的决策很可能会决定其成功的方向。这种选取演员观念的改变为八七版《红楼梦》的成功迈出了关键的一步。然而，后来选取的演员中却有将近一半都不会演戏，甚至未曾读过《红楼梦》，很多演员只是长得"像"书中的人物，并没有任何的表演经验，至多只有戏曲的表演经验。王扶林导演并未因此妥协，其态度异常坚定，演员必须要长得"像"《红楼梦》中描写的人物。不会演戏、不懂琴棋书画都可以找老师从头学习，不懂《红楼梦》也可以找红学专家进行辅导，这个决定可谓"前不见古人，后不见来者"。

1984年，在圆明园举办了第一期红楼学习班，也便有了后来诸如周汝昌、蒋和森、吴世昌、胡文彬、周雷等红学专家组成的"顾问天团"。这些顾问专家不仅为演员们讲课，有的演员甚至单独找到他们的家中去请教《红楼梦》。"红楼梦中人"集中学习了三个月，由专家和导演观察、分析后才决定其最终扮演的角色，这种方式让八七版《红楼梦》的演员看起来都活灵活现，十分接近原著的描写。但是电视剧播出之后招来一片骂声，几乎所有研讨会都持负面评价。评论最多的是对演员选择的问题，尤其对林黛玉的负面评价最多，观众认为陈晓旭饰演的林黛玉过于小肚鸡肠。但随着时间的沉淀，各种不同版本的改编作品似乎都未超越观众心中的"八七版"，对其的评价也逐渐改变。可以说，八七版《红楼梦》是历史和时间双重检验出来的结果。

此外，王扶林导演还面临着一个重大的问题，即贾宝玉演员的选择。《红楼梦》曾以京剧、昆曲、越剧等不同艺术表现形式被搬上舞台，其中贾宝玉多由女性演员扮演，女扮男装的贾宝玉已成了观众约定俗成的看法。贾宝玉虽然带有脂粉气，但他是"一个浑身有脂粉气、十分可爱的小伙子"，当时著名的剧作家吴祖光曾说："如果执意要用男孩子演贾宝玉，在中国，贾宝玉还没有生出来！"贾宝玉的形象过于特殊，稍有不慎会带有"阴柔之气"，稍微一过又有"阳刚之气"。但王扶林导演执意要找男性演员来饰演贾宝玉，第一期红楼学习班结束后，没有产生贾宝玉，剧组开始在《中国电视报》登广告，要求有三：其一，初中以上文化水平；其二，身高一米六八；其三，要有一定的表演经验。

欧阳奋强指出，虽然自己很符合这些条件，但由于自己的不自信，他并不敢主动去试镜，只是将想法埋在了内心深处。直到后来，曾和他一起拍摄过电影《虹》的张玉屏向王扶林导演推荐了自己。正好王扶林导演要去四川峨眉山选景，见到他后便让他坐飞机去北京试镜。比起去试镜贾宝玉，让他更高兴的是可以坐飞机，于是他决定即便选不上贾宝玉也要去。结果，后来《人民日报》《光明日报》《中国电视报》等都刊登了欧阳奋强试中贾宝玉的新闻。他再次回到北京后，第二期红楼学习班已临近结束。此前，剧中的黛玉北上、英莲走失等情节已拍摄完毕，这时才找到贾宝玉，所有人都质疑他并不像贾宝玉，陈晓旭更是直言第一次见到贾宝玉时"大失所望"。紧张和不自信让他无法融入集体，他整日都皱着眉、背着手，倒像是"贾政"的做派。王扶林导演出了"奇招"，让他放开手脚，大胆地在剧组"玩"，特许他可以向任何演员和工作人员恶作剧，目的就是让他能够放松心态，更好地塑造贾宝玉这个人物形象。带着这种游戏的心态逐渐走进人物的内心，"玩"的过程就是准备和学习的过程，只不过换了一种方式，其结果都是为了能够饰演好一个角色。

最后，欧阳奋强表示，八七版《红楼梦》虽影响了几代人，王扶林导演却留有些许遗憾，尤其是拍摄风格过于"写实"。大观园是青春少女的诗意乐园，但由于技术条件和资金短缺，八七版《红楼梦》在影像合成方面存有缺陷，未能呈现出更具诗意画面。《红楼梦》开篇的"绛珠仙草""神瑛侍者""太虚幻境"等都营造了一种神话氛围，这些情节也没有拍摄，这是王扶林导演最大的遗憾，希望后来的拍摄者能够补全这些情节，补全了方是一部完整的《红楼梦》。所以，不能说八七版《红楼梦》无全忠实于原著，只能说它更接近原著。《红楼梦》不是一部纯粹的商业片，它是一部思想深厚的文学作品。在感谢导演的发掘，感谢工作人员把美好的青春奉献给《红楼梦》的同时，更要永远感恩中国红楼梦学会和顾问团，八七版《红楼梦》被无数观众评价为经典之作，离不开老一辈的红学专家对电视剧在思想性和学术性上的把关和支撑。

对此，张庆善会长表示，一部作品能走向经典实属不易，尤其是像《红楼梦》这样的伟大文学经典，它代表着中华民族最优秀的文化符号，在荧屏上将其生动形象地展现出来确实不易。《红楼梦》是中国的一座艺术高峰，每位艺术家都想攀登，但攀登存在着风险，或登上顶峰，或遭遇滑铁卢。在

《红楼梦》的传播史上，有两次影响深远的艺术事件，第一次是1962年的越剧版《红楼梦》，一句"天上掉下个林妹妹"一夜之间唱响大江南北，很多红学家都是看了越剧后才走进了《红楼梦》的艺术世界。第二次便是八七版《红楼梦》，这是第一次用全景式的大篇幅将《红楼梦》展现在广大观众面前。欣赏戏曲和影视的审美感受是不同的，如果不"像"、不"真"，便会失去艺术感染力，欧阳奋强为此所做的表演是十分了不起的。"天上掉下个宝哥哥"，这是八七版《红楼梦》能够成功的一个重要因素。

在嘉宾对话环节，中国艺术研究院红楼梦研究所教授孙伟科表示，欧阳奋强以一个亲历人的身份，从导演的策划，到服装的设计，再到演员的选择，对八七版《红楼梦》的拍摄过程进行了详尽的回顾。其讲述的内容实际上是一个跨学科的研究对象，不同的艺术领域都有文学作品的改编。《红楼梦》是一部文学经典，八七版《红楼梦》是影视经典，从文学经典变为影视经典是很难的。因为文学形象是一个想象性形象，并非固定性形象，每个读者都为想象性形象加诸个人的经验，导演将具体的形象呈现在观众面前，其选择的形象要符合观众心中的形象是十分困难的。八七版《红楼梦》中的主要人物从最大公约数上符合了观众的想象，它的成功离不开人物形象的完美塑造。从剧本的改编到演员的理解，再到符合观众的想象性经验，其中隔了不止一层，这几层的过渡都包含着艺术改编的规律，任何一个环节都值得深入思考。中国艺术研究院的学生也要肩负使命，为超越改编作品提供自己的方案和思路。

随后，陶玮编审和孙伟科教授，针对欧阳奋强导演此次的报告提出了如下问题。

陶玮："剧组中很多演员都是戏曲演员出身，而您也有很多戏曲表演的经验，在《红楼梦》影视的表演中，借鉴戏曲的艺术形式和艺术手法，应该会有很好的效果。那么，在饰演贾宝玉的过程中，您是否有对戏曲表演经验的借鉴，效果如何？"

欧阳奋强："一个优秀的演员一定要有舞台经验，因为舞台表演非常能够锻炼一个演员的能力。实际上每个人都会演戏，但是演戏本身并不是目的，而是要用更深刻的表演将人物诠释得更加活灵活现。具有舞台表演经验的演员其表演的深刻度往往要更丰富，尤其对于古装剧而言，有戏曲功底的演员占据着得天独厚的优势。例如，我在表演'贾宝玉兴冲冲地走来'见林黛玉时，借鉴了戏曲中的小碎步来完成了对'兴冲冲'三个字的表演，同时也表现了贾宝玉见林黛玉的急切心情。川剧中还有扇子功，贾宝玉在唱《红豆曲》时，我也在手上玩扇子，这个行为可以用在贾宝玉身上。所以，我认为戏曲表演经验对于演古装剧的帮助是很大的。"

　　陶玮："八七版《红楼梦》已经成为一部经典。改编作品的经典性是基于原典的经典性之上的，所以改编、创作要尊重母本的内容，注重原著精神的表现，站在巨人的肩膀上铸造出新的作品，八七版《红楼梦》最大的特点是十分尊重和敬畏原著，每个方面都力求展现原著内容和精神风貌。但是具体到《红楼梦》，尊重原著本身是非常大的难题，因为其复杂的成书过程、高妙的艺术手法、深邃的思想内涵以及流传过程中手稿丢失和续改等，让原著本身就存在很多疑惑和难解之谜。在进行改编过程中，首先要解决这些难题，使情节、人物的逻辑圆满才能改编成功，不至于在作品中出现漏洞。八七版《红楼梦》对后 40 回的改编也引起了很大的争议，在如此复杂的情况下，对编剧的独立创作要求很高，面对《红楼梦》这部杰作，要先解决原著的难题才能进行独立的改编创作。您能不能介绍一下八七版《红楼梦》编剧创作的情况？"

欧阳奋强："我对文学剧本创作的具体幕后工作并不清楚，到剧组后已经拿到了写好的剧本，八七版《红楼梦》的剧本实际上是 25 集，后期被剪辑成了 36 集。在对后 40 回的改编中，曾有两种不同的声音。第一种是采用高鹗的后 40 回，第二种是按照曹雪芹的思想脉络重新创作。剧组的最大愿望是拍摄两个不同的版本，由后人自己去评说，但由于资金缺乏没有完成。八七版《红楼梦》的编剧团队是一个完美的组合，要完成改编首先要尊重原著。尊重原著并不是尊重情节，情节的顺序是可以变化的，因为电视剧和文学有不同的表现方式和载体，前者用影像，后者用文字。编剧不一定要有很高的文学造诣，但一定要会编故事。《红楼梦》的三位编剧十分优秀，周雷是红学专家，对《红楼梦》的研读非常深邃；刘耕路精通剧本创作；周岭既懂表演，又懂文学创作，也懂《红楼梦》。这三位老师的完美组合才有了《红楼梦》剧本的精彩呈现。"

孙伟科："如果想要超越你塑造的贾宝玉形象，应该如何超越？"

欧阳奋强："电影和电视就是遗憾的作品，都会留下很多遗憾，这种遗憾只能等下次的创作来弥补。旧的遗憾被弥补后仍会有新的遗憾出现，只能在创作的时候'尽量'做到完美。未来还会出现不同的新的贾宝玉形象，我相信，没有什么不可超越，八七版《红楼梦》早晚肯定也会被超越，因为我们的审美诉求在不断地变化。新的贾宝玉形象要与时俱进，符合当下的美学观，更要符合新一代的文学读者心目中的贾宝玉形象。"

论坛最后，石中琪副研究员对本次论坛进行了总结。他表示，《红楼梦》作为古典文学最伟大的经典名著，各类艺术改编也随其风靡而广为流传。230 年前也即 1791 年，程伟元、高鹗整理并出版了红学史上第一个《红楼梦》刊印本，即程甲本。次年，仲振奎就选取"葬花"一节改编为戏曲，后又整体改编为《红楼梦传奇》56 出，可以说《红楼梦》的艺术改编与其出版传播几乎同步。1924 年，上海民新影片公司拍摄了红学史上第一部改编电影——由梅兰芳主演的黑白默片《黛玉葬花》。至今算来，《红楼梦》的影视改编史也已近百年，此间各类影视改编作品可谓数不胜数，但综合考量，称得上"成功"的只有两部：一部是 1962 年越剧版电影，另一部就是 1987 年版电视连续剧。这两部之外，大手笔、大制作的《红楼梦》影视改编其实也不少，比如 1977 年香港佳艺电视台摄制的长达 100 集的电视连续剧《红楼梦》，这也是目前《红楼梦》改编史上集数最多的电视连续剧，由十几位编导集体改编，70 多位影视精英、300 多位演员联手演出；再比如 1988—1989 年，北京电影制片厂摄制，谢铁骊执导的六部八集长达 13 小时的北影版《红楼梦》，更是豪华阵容、豪华制作；还有黄梅戏版《红楼梦》，戏剧舞台的呈现有许多对传统艺术表现方式的突破，有些唱段也很美……但是，这些作品在特定的范围之外知者寥寥，反响平平。

现在，对《红楼梦》整体改编的电视连续剧，比较容易观看到的主要有四部：八七版《红楼梦》、马天宇和闵春晓主演的《黛玉传》、2010 年新版以及台湾的华视三版《红楼梦》。近年来还有颇受好评的所谓"小戏骨"版《红楼梦》，主要是对八七版《红楼梦》的模仿。八七版《红楼梦》在问世之初受到很多批评，经过时间的积淀之后，成了观众心中神话般的存在。今天的时代状况已与 20 世纪 80 年代大不相同，所谓"娱乐至死""流量至上"，无不昭示着这个时代的精神状况，在面对艺术常为资本所绑架的时候，我们艺术的工作者和研究者应该"正学直言"，而不能"曲学阿世"。

2021 年是中国艺术研究院建院 70 周年，中国艺术研究院许多学者也都曾深度参与了八七版《红楼梦》，本次红学论坛作为 70 周年院庆活动之一，邀请欧阳奋强先生与大家重温经典，共话红楼，可谓恰如其分，相得益彰。红学论坛是由中国艺术研究院立项举办的学术活动，目的就是要寻绎文学经典价值，为红学再出发开辟道路。一百年前，胡适、俞平伯、顾颉刚开创了新红学；也是在一百多年前，罗曼·罗兰在创作《贝多芬传》时感慨世纪初的欧洲："鄙俗的物质主义压制着我们的思维。"时代的"异"与"同"都让我们深思。今天，疫情构成了时下的特殊语境，"过来昨日疑前世，睡起今朝觉再生"——何以解忧？唯有经典。因为精神的力量比肉体的力量更富于生命力。《红楼梦》是文学经典，八七版《红楼梦》是影视改编的经典，欧阳奋强塑造的贾宝玉是荧屏形象的经典，而这一切又都结缘于《红楼梦》。正如韩子勇院长所指出的：《红楼梦》谜一样的性质，典型地散发出只有经典才具有的广阔复杂和经久不衰的魅力。这是一道中国人必须要经过和照面的精神文化景观，也如试金石一样让无数的后来者叩问自己思想和情感的质地与温度。

　　人是精神的仆从，石中琪副研究员最后以叔本华的一段有关精神与经典的名言与大家共勉：对于精神，最好的消遣莫过于研读古代经典。只要一册在手，哪怕半个小时，也会顿觉愁消闷解、身洁心净、神清气爽、强健有力，犹如久渴而饮甘泉一般。这是古老语言及其完美表达的神功妙用，更是其作品历时千百年之后仍然光彩熠熠、自然完好的那些英才俊杰的伟大心灵的抚慰与激励。

　　最后，张庆善会长以主持人的身份再次对参加本期论坛的师生致以诚挚感谢，随即宣布本次论坛圆满结束。

中国艺术研究院

红学论坛 2021·第 三 期

饮食男女:《红楼梦》中的性别问题

时　　间:2021 年 11 月 14 日 9:30—12:00

主 讲 人:夏　薇

与 谈 人:孙伟科　陈亦水

学术主持:卜喜逢

学术评议:詹　颂

2021 年 11 月 14 日 9:30—12:00，由中国艺术研究院红楼梦研究所、《红楼梦学刊》编辑部、中国艺术研究院研究生院艺术学系、中文系联合主办的中国艺术研究院 70 周年院庆系列活动之红学论坛（2021）——"饮食男女：《红楼梦》中的性别问题"在腾讯会议如期举办。

本次论坛由中国艺术研究院红楼梦研究所副研究员卜喜逢担任学术主持，邀请到的主讲嘉宾是中国社会科学院文学研究所研究员夏薇，与谈嘉宾为中国艺术研究院红楼梦研究所教授孙伟科、北京师范大学艺术与传媒学院讲师陈亦水，并由首都师范大学国际文化学院教授詹颂担任学术评议。除腾讯会议主场以外，此次论坛还在哔哩哔哩平台同步直播，在线观看量超过 1900 人次，反响热烈。

论坛开场，卜喜逢副研究员首先就红学论坛的开办作出简要说明，申明红学论坛的理念和宗旨，并简要介绍论坛设立方中国艺术研究院的红学特色与传统。随后，他向大家隆重推出本期论坛的主讲嘉宾夏薇研究员，对话学者孙伟科教授、陈亦水讲师，以及学术评议人詹颂教授，并对四位学者能够应邀出席表示感谢与欢迎。

随后，在主讲环节中，夏薇研究员围绕"饮食男女：《红楼梦》中的性别问题"展开了自己的发言。她表示，《红楼梦》能成为历代知识分子的精神家园，是因为作者对人生、社会有着总体的疑问和思考，他并未给读者提供答案，小说所贡献的是作者的整个思考过程，存在很多矛盾和挣扎，其魅力就是真实地表现了人性，这种人性的真实主要通过欲望予以表现，而人最大的欲望就是饮食、男女。

围绕"饮食"问题，夏薇研究员首先对比了《三国演义》《水浒传》《西游记》《金瓶梅》等小说中关于饮食的描写。《三国演义》中存在大量对"饭局"的描写，但大多只有"局"，没有"饭"，饮食与小说中的人物和主题思想的距离相对较远，只是偶尔的表现工具而已。相较之下，《水浒传》的饮食描写有了较大进步，读者可以看到鱼、嫩鸡、酿鹅、熟牛肉等具体食物，但大多仍只是通过凸显人物食量之大来表现英雄形象。《西游记》则通过饮食设置了取经灾难，唐僧肉作为贯穿取经过程的暗线，将小说中单个的故事悉数串联起来。《金瓶梅》作为中国古典小说描写饮食习俗最丰富的作品，其饮食特点是"种类繁多"，从西门庆宴请蔡、宋御史一顿酒席花费"千两金银"可表明其饮食的作用是要彰显人物的富有和身份，与整体情节的关系并非十分紧密。《红楼梦》中的饮食则完全不同，其突出的特点是"模糊性"，作者从未将食物本身作为讲述重心，更强调的是食物背后的故事。换言之，饮食描写中大都蕴含着对小说主题的隐喻。

第一，生活习惯和情志的失衡。《红楼梦》的主题之一是"忽喇喇似大厦倾"，"倾"代表了失衡，各方面平衡的丧失就导致贾府的倾颓和瓦解。大的方面包括政治、经济、文化等，小的方面包括饮食、服饰、居所。

　　贾府饮食失衡的第一人是林黛玉。林黛玉饮食的描写隐喻着死亡的结局，作者从黛玉一出场就反复强调"药"在其饮食中所占的比例——"我自来是如此，从会吃饭时便吃药"，小说总共提及 15 次黛玉吃进的东西，其中有 7 次，什么吃的都没有，只有药。剩下的饮食便是"十顿饭只好吃五顿"，"喝了两口稀粥"，到了第六十二回时，黛玉索性连茶也不喝了，吃得越来越少。林黛玉饮食减少主要有两个原因：其一，生活习惯的改变。黛玉初进贾府就发现贾府的习惯是饭后立刻喝茶，和在自己家中不同。曹雪芹并未指出饭后立刻喝茶是否健康，但在"方不伤脾胃"处有一条甲戌侧批写道："夹写如海一派书气，最妙！"说明批者知道这是养生之道，只是读书人不必要的一个讲究。苏轼曾在《东坡杂记》中写道："吾有一法，常自珍之，每食已，辄以浓茶漱口，烦腻即去，而脾胃不知。"现代科学也认为："饭后马上喝茶不利于消化，茶叶能够抑制铁的吸收。如果饭后饮用 1 克干茶叶泡的茶水，那么，人对于食物中铁的吸收就会减少 50%，就会造成缺铁性贫血。"以此推断，林如海制定的养生之道，应该和饮茶习惯一样是对身体有利且能经得起理论检验的。而黛玉到贾府后，这些习惯"一一改过来了"，这种习惯的改变造成了其身体的不良反应。其二，情志失衡。林黛玉具有典型的厌食症，中医认为厌食症是由于外感六淫，内伤七情，导致的脾胃运化机制出了问题。中国文化认为"五味"与"五情"相对应，情志失衡，就会表现为对五味的厌弃。正常人有其他欲望时，注意力会从饮食上转移。《黄帝内经》中的饮食观是"恬淡虚无"，才能"美其食"，黛玉不能节制自己的情绪，因而不能"美其食"。饮食对她而言已成为负担，并非享受，再加上对父母和家乡的思念以及旧有的病根，其身体自然越来越坏，这是作者为其设计的死亡之路。

在吃的问题上第二个失衡的人是贾宝玉，他经常吃女孩嘴上的胭脂，这是曹雪芹的创意。宝玉的行为是一种心理成长类型的表现，心理学中称之为"口唇人格"，"口唇期"是人类心理性欲发展的第一个阶段，从出生到两岁左右，婴儿的性快感是从口唇来获得的，但有的青少年或成年人虽脱离了婴儿阶段的口唇期，依然会保持那个时期的特点。临床表现有两点：一是，过度关注口唇的活动，长大后还会过度关注，比如吃、喝、吸烟和接吻。二是，如果在婴儿期被过度满足，成年的时候就会过分乐观和依赖别人。宝玉喜欢吃女孩嘴上的胭脂，作者解释为"爱红的毛病"，其实是他心理发育过程的一个病态行为，因为在成长的过程中，他周围充斥着女性，他被过度地满足了，没有正常地脱离婴儿的口唇期而进入下一个心理时期。在长大以后依然保持着对口唇活动的依赖，不仅是女孩口上的胭脂，对女孩们的依赖也更加明显。此外，宝玉比其他人物更关注吃，更讲究吃，他总能记住别人对于吃的特别爱好，他的食欲和酒瘾都很大，还喜欢随处发表意见，即便他父亲在场，也不能控制自己，这就是口唇期延续到成人之后的一个标志，宝玉对吃和口唇活动的依赖都说明了他心理发育的畸形和失衡。

第二，贾府饮食体现着道德失衡的思想。古人关于饮食的思想存在矛盾，一方面认为饮食是欲望，需要节制，如《黄帝内经》认为，上古之人能"饮食有节，起居有常，不妄作劳，故能形与神俱，而尽终其天年，度百岁乃去"。但另一方面儒家的饮食思想，如孔子"食不厌精，脍不厌细"的说法，又强调吃的东西要精益求精。人类从追求吃饱到吃好，对饮食欲望的不断膨胀，结果就是饭菜越做越好吃。曹丕在《典论》中说："一世长者知居处，三世长者知服食。"这表明对精细饮食的追求要经过几代人的积累。《红楼梦》中从"茄鲞"到"小莲蓬、小荷叶的汤"，这是一种上升到文化层面的饮食水准，是贾氏家族五世勋贵的高端生活的累积。这种高端生活中欲望的高度满足和其家族的衰败之间有着紧密的联系。

古人崇尚节欲，节制饮食也是节欲。贾府中人生病后"以净饿为主"的方式离饮食节制尚远。古人认为，内心的平静安详，才是节制欲望的根本。贾府削减饮食的数量只是治标不治本，这种方式也推延至贾府生活的其他方面，诸如削减开支、削减人口等，都没有抓住根本。贾府在削减数量时，并未削减内心的欲望，况且人人内心崇尚着奢侈浪费，这在贾府不断举办的各种大小宴会和对日常饮食的精细追求中均有体现。贾府从上至下，皆在"为了吃"和"如何吃"中不断地打破规矩，僭越、毁坏礼教。他们并未明确地与制度、习俗和律法作对，但在争夺对食物的占有权，为了吃饱、吃得有身份体面、获得更好的食物供给方面，其不断膨胀的私欲体现得淋漓尽致。曹雪芹写的不仅是"吃"的政治，更说明了这个家族衰败崩溃的原因就是道德的彻底失衡，而这一切主要通过饮食予以表现。

此外，《红楼梦》还描写了很多宴请和聚餐。首先，宴会本是求同的，希望亲友能和谐相聚，但在关系极为复杂的大家族中，每次聚餐都充满危机，作者借着危机讲述更有料的故事，曹雪芹可谓将"吃"写到了极致。其次，宴会的形式有分食与合食两种。《红楼梦》中的宴会基本都是合食，唯独第四十回，贾母宴请刘姥姥时，宝玉提出了新的聚餐方式，即"分食"，描写极为细致。这一分食的宴会恰好在贾母宴请刘姥姥的时候，或许是作者有意识的安排。如果作者让妙玉表示出对刘姥姥的厌弃，要把她喝过的杯子扔掉是为了塑造妙玉这个有洁癖的、阶级等级感极强的女孩形象，那么让宝玉提出分食却完全不同，因为宝玉并没有妙玉那样强烈的癖好或等级观念，相对大观园的女孩们而言，他对刘姥姥始终还算厚道平和，而且从宝玉毫不经意地提出建议的文字中，丝毫看不出作者为了强调人物性格而进行的艺术加工。因此，如果这不是作者的亲身经历，则极有可能是作者对阶级和城乡差异的看法造成的。对于刘姥姥而言，进荣国府最吸引她的就是丰盛美味的食物，作者很清楚这一回的写作重点就是食物，要写食物，就要写吃的方式，但他无法容忍刘姥姥、板儿和贾府的贵族们在一个盘子里平等地取食，他也不想描绘一个不可能存在的或极少存在的阶级融合的场面。因此，《红楼梦》的宴会中就有了唯一一次大规模的分食活动。

针对"性别"问题，夏薇研究员认为曹雪芹看到了问题的关键，"白骨如山忘姓氏，无非公子与红妆"。这个世界只有男人和女人，而这两个性别之间恰恰有不和谐之处，这种不平等的处境和家族的崩溃、社会的道德沉沦一样令人担忧。所以在作者笔下体现的性别意识是一种萌芽式的声音，一种男性给女性记录下来的女性历史。性别研究在全世界成果丰硕，基于此前的研究，可得出一个结论：原始社会的男性和女性经历了长期的战争之后，男性中心的性别制度逐渐建立，即在对政治权力、生产资料和生活资源的分配方面，两性一直处于战争状态。而国内的性别战争主要有三个阶段：第一个阶段是封建宗法社会，男性完全处于一种进攻的状态，女性完全没有反抗力；第二个阶段是五四运动到新中国成立，随着西方女性运动的蓬勃发展，对女性书写的整理和研究日渐兴起，有了理论支持以后，女性的反抗开始变得有力度了；

第三个阶段是新中国成立到现在，女性的地位得到大幅度的提升，但是怀孕和婚姻等问题依然是女性的枷锁。家庭作为男权制的基本单位，和社会、国家构成了男权制的三大机构，但女性主义认为在争取性别平等的过程中，要经历一个女性放弃婚姻的阶段，即女性可以靠自力更生来独立支撑家庭的时代。然而女性主义的主体需要依赖的正是限制其的话语体系和司法结构。在这个权利场域中，女性主义想要寻求最终的自由和解放，其实是很渺茫的，即便如此，仍然要寻找女性建构的根源。

　　随后，夏薇研究员分析了古代不同小说中对待女性的态度。《三国演义》是"用女人"，强调女性的实用价值，貂蝉、孙尚香等都是用家世容貌帮助男人成就伟业；《水浒传》是"恨女人"，有诱惑力的女人会破坏男性的英雄形象，小说中所谓的理想女性是男人婆，和男人一样闯江湖，杀人越货，但不能和男人一样成为英雄，女人要想成为男人的战友，就必须放弃女性的某些特质，变得无性、中性或者男性化；《西游记》是"怕女人"，女人皆是妖魔，避之唯恐不及。《红楼梦》作者对女性的要求是四大名著中最低的，即女人只要不给男人闯祸，不用去施美人计，也不用有钱，就是理想的女性了；《金瓶梅》则是"辱女人"，作者把女性看作男性私生活的一部分，有能力的男性可以掌控一切，不管是有钱的和没钱的女人，贞洁的和不贞洁的女人，淫荡的和不淫荡的女人，他都可以纳入囊中，操控她们的命运。而《红楼梦》之所以成为古代小说的巅峰之作，原因之一便是作者对女性价值的认识和赞美。作者的高明之处在于，并未将理想的女性塑造成集各种美于一身的、不可能存在的人物形象，而是将理想女性的特质分摊至各种女性身上。

基于此，夏薇研究员进而分别讲述了明清小说中存在的四种理想女性，即"实用型"理想女性、"灵魂型"理想女性、"德情兼备型"理想女性和"缺憾美型"理想女性。

第一，"实用型"理想女性。这类女性主要表现为"贤内助"和"妇言不听"。不让女性说话的根源可上溯至《管子》，"妇言人事，则赏罚不信"。房玄龄在注中解释为："妇者所以休其蚕织，此之不为，辄言人事。妇人之性险波，故赏罚不信矣。"认为女性的工作就是"蚕织"，不能参与议论大事，这是因为女性的本性阴险狭隘，不能像男性那样做到公平公正，因此不能听信妇人之言。其他如《汉书》《隋书》《新唐书》《明史》等历史典籍中均明确提出了"妇言不听"，还有很多笔记将"妇言不听"作为家训郑重提出，警告子孙后代。《林兰香》《英烈传》《禅真后史》《野叟曝言》《绿野仙踪》等小说中皆有警告男性不要听妇人言的故事。但在日常生活中，男性不可能永远不需要女性的帮助，于是产生了"贤内助"这一与"妇言不听"正好相反的概念。男性对女性最常见的好评莫过于"贤惠"。自古以来，"贤惠"一词就具有性格色彩，"贤内助"比"贤惠"更进一步，是广义上的"贤惠"，更强调女性的实用价值。虽然《礼记》云："男不言内，女不言外。"但一个性别对另一个性别的限制并不代表劳动力的闲置，女性对社会和家庭生活的贡献是不容忽视的。因此，以男性中心主义制度为前提，以女性参加家庭内部劳动为基础的性别关系的确立，是"贤内助"这一典型女性形象得以生发的根源。

第二，"灵魂型"理想女性。对女性而言，才女是最能淡化时空感的定义；对男性而言，才女是其最向往的异性，满足男性精神层面的需求。"女子无才便是德"的性别方针对两性的思想都有着戕害和限制。美丽而有才的女性的苦难更易引发男性作者们的悲悯和慨叹，"佳人薄命""红颜祸水"的观念都渗透在两性思想中。如《林兰香》中耿朗初见梦卿时的心理描写："妇人最忌有才有名。有才未免自是，有名未免欺人。我若不裁抑二三，恐将来与林、宣、任三人不能相下。"这类作者的头脑还算清醒，他首先承认有才有名，即聪慧贤德的女性是优秀的，使他"初见梦卿求代父罪，生了一番敬慕之心。次见梦卿甘为侧室，又生了一番恩爱之心。后见梦卿文学风雅，复生了一番可意之心"。才女在这部作品中被描写得淋漓尽致，但作者认为才女如不加以约束，便要家宅不宁，才德也是祸水。因此，为了求得性别等级关系的平衡，作者不得不让耿朗放弃和梦卿的爱情。换言之，作用力从来都不是单向的，为了建构男性中心主义的性别制度，男性牺牲的是情感自由，在约束女性的同时，也要有相应的自我约束。

第三，"德情兼备型"理想女性。这类女性既有德行又深情，是满足男性情爱、道德审美标准的女性类型。因此，又提出一对概念："良人般的娼妓"与"娼妓般的良人"。"良人般的娼妓"是男性所喜爱和乐于接受的，又是男性在一定范围内拒绝和反对的。男性的双重标准，使得古代小说作者经常明确强调不要"淫人妻女"，并极力恐吓说，"淫人妻女"的下场就是自己的妻女也将被别人玷污，这清楚地显示了男性对自己所建构的女性审美的双重标准的不信任和质疑。所以，除政治地位所规定的等级之外，女性又被人为地划分出了另一种等级，即是"良"还是"娼"，这是一种道德层面的等级划分，因为古代男性并不会甘愿让自己的私生活变得枯燥乏味，于是就有了"傍色""乱色""邪色"等多种名词及"贤妾美婢""贤妻美妾"的标准出现。这说明有些男性虽需要处于不同道德评判下的女性，但他们的内心对此却有着很清晰的分界，并且能够理智地去面对自己制造出来的正、邪两派的异性。

第四，"缺憾美型"理想女性。《红楼梦》是中国古代小说中对女性礼赞最多的作品，其之所以能淋漓尽致地表现女性，是因为它的故事发生在一个"四世同堂"的家族，家长控制着祖产，这个时候女性则是另一番天地了。古代社会规定"男主外"，但如果男人公务缠身，便允许妻子管理家务。因此，当贾政和贾赦的父亲去世后，贾母便是最高权威者。贾赦和贾政虽然也有权力，但对母亲的孝束缚了他们的手脚，很多事情都无法决定，外务又占据了他们大部分的时间，导致男性家长的职责大部分要由女性代劳。因此，《红楼梦》中的大家族具备了女性主义生长的物质基础，女性在这样的家庭中拥有各种权力，也有机会在使用权力的过程中表现自己的才干和能力。

但《红楼梦》和女性主义作品仍存有差异。现代意义的女性书写主要有两个目的：其一，要建构女性自己的历史；其二，要通过女性书写来破坏语言的既定秩序，使男性中心的话语形式失效，从而消解男性中心的权威。相较之下，《红楼梦》的写作目的符合第一点，它是有意识地记录女性的历史，"使闺阁昭传"，这是完全区别于其他小说的。但在第二点上，作者虽有时也想冲破这种愿望，但效果并不明显，甚至风马牛不相及，只能说《红楼梦》具有女性主义思想，《红楼梦》的作者在第一回中写道："历来野史，或讪谤君相，或贬人妻女，奸淫凶恶，不可胜数。更有一种风月笔墨，其淫秽污臭，荼毒笔墨，坏人子弟，又不可胜数。"从女性主义角度看，这就是一种对反女性主义写作的批判。所谓反女性主义文学，即那些主要为男性中心意识服务，强调女性的性感和煽动欲望的能力的作品，中国古代狭邪小说如《肉蒲团》《绣榻野史》《灯草和尚》等，包括四大奇书，都是十足的反女性主义文学。

曹雪芹能批判色情小说，说明已清醒地认识到风月笔墨的实质，"贬人妻女"是对女性的贬低和污蔑，这是非常难得的进步思想，是女性主义觉醒的萌芽，但《红楼梦》仍摆脱不了性别制度的影响。"何堂堂之须眉，诚不若彼一干裙钗？"表明《红楼梦》虽是描写女性，主角却依然是男性。所以，《红楼梦》是男性"阅读女性"的典型，并非女性主义作品。如大观园诗社中规定作诗"不能带出闺阁字样"，这是对女性写作在性别上的限制，事实上写作若不能使用女性的语言，承载女性主义的诉求，女性虽开口说话了，却无法建构身份，这是女性主义最反对的内容。《红楼梦》虽然不是女性主义作品，但古代小说中的女性形象到《红楼梦》才变得更加真实，因为《红楼梦》创造了"缺憾美型"的群体女性形象。如脂砚斋批语所言："黛玉一生是聪明所误……阿凤是机心所误，宝钗是博知所误，湘云是自爱所误，袭人是好胜所误。"《红楼梦》中的女性都是优秀的，却也都有缺点。曹雪芹将女性的优秀品质散落至各种女性身上，并践行了中国古人所说的"美人必有一陋"的审美观，从而打破了读者对古代女性的刻板认识和印象，让《红楼梦》中的女性呈现出生动、活泼的特质，她们具备着人的共性，体现着时代的共性。

　　在嘉宾对话环节，北京师范大学艺术与传媒学院讲师陈亦水围绕"《红楼梦》的影视改编：身体与欲望图像的再媒介化呈现"分享了自己的观点。她表示，文学和影视存在显著区别：文学的符号学系统建立在故事性的语言和言语之中，是基于文字符号学系统的审美，而影视是建立在图像和声音之上，通过对文字的视听再媒介化予以呈现。

　　首先，在形式上，面对《红楼梦》文学文本的影像再媒介化改编时，电影学者更多关注的是从文字到视听语言的再媒介化。其次，在内容上，《红楼梦》感人之处在于文学文本所蕴含关于人性的真实，文本中有大量关于"甄（真）假"式的语言修辞符号，这类符号对应在影视改编中，则表现为一种真实与虚拟的图像符号，它直接将文学文本中的符号变为一种欲望化的投射，其逻辑是取景框作为相对闭合的系统，蒙太奇通过连接来完成影像的生成，使之成为一个"完全敞开的东西"。因此，无论是影视文本还是文学作品，《红楼梦》的文本蕴含着关于欲望的情动驱力，当文学文本进入影视文本改编后，观众所看到的则是一种影像欲望。如果说《红楼梦》的文学作品是基于认知心理的情感叙事，那么在影视作品中，则更多的是基于欲望的身体表演。在这个过程中，基于文字符号学系统的《红楼梦》文学文本和作为文字的视听再媒介化的影视文本之间，共同构成了一种关于情动（欲望）的张力。

随后，陈亦水老师分析了关于《红楼梦》影视文本改编的具体作品。这种改编方式主要可分为"奇观—影像"和"时间—影像"两类。"奇观—影像"是一种作为欲望客体的奇观化呈现，分为"影像奇观""性别奇观""媒介奇观"三个方面："影像奇观"是向观众展示视觉奇观，直抵观众注意力和好奇心的"吸引力电影"，例如1927年"林黛玉穿高跟鞋，刘姥姥穿时装"的《红楼梦》等；"性别奇观"表现为一种"视觉凝视快感"，认为电影是反映、揭示，甚至激发对性别差异所做的直接的、社会固有的阐释，正是这些阐释控制着形象、欲望的看的方式，以及奇观，例如邵氏电影公司拍摄的风月片等；"媒介奇观"则是由大众传媒所构成的社会原动力，是景观最为显著的表现，例如"红楼梦中人"选秀，就是由资本的逻辑控制的一种性别奇观的表演，是一种抽空了现实性与历史感的资本主义消费文化的"太虚幻境"，这些都深深影响了《红楼梦》影视改编的审美特征。

"时间—影像"表现出的则是一种非连续性剪辑，制造观众心理上的混乱感，能够表达伯格森绵延思想中蕴含的虚拟的时间整体概念。那么，建立在情动驱力之上的《红楼梦》文学文本，应使用怎样的影视的视听语言进行改编呢？对文学文本的视听改编，更重要的是如何体现情动驱力的表述方式，因此应是一种既紧张又彻底的内在中立性，例如1987年版王扶林导演的电视剧版本中"共读西厢""黛玉葬花"的特写镜头及其场面调度，同时伴随着 20 世纪 80 年代中国电影语言的现代化逻辑，通过影像媒介，使得观众对于文学文本中基于认知心理的情感叙事产生一种心理共情。但对于优秀的《红楼梦》的文本改编，不能止于情动驱力，亦不能止于"时间—影像"的生成，而是要抵达文化立场，即通过情动驱力的欲望生成，达成对于稳定的封建秩序，或对于亲密道德经济的婚姻关系、作为意识形态的"爱"及其主流社会秩序不切实际的幻想和乐观精神的反思与批判。这不仅是优秀的《红楼梦》文本的改编，更是一个优秀的电影艺术或视听语言艺术的创作。

基于上述观点，陈亦水老师提出了关于影像媒介的文本改编的三个问题：其一，影视改编的创作观念问题。不仅是对文学的视听复现，而且是蒙太奇艺术的再媒介化。其二，历史文本的现代化创新问题。创新绝不是改写原文的内核，而是利用数字技术媒介奇观所营造的情动驱力。其三，类型与题材的文化书写问题，重点在于讲好"中国故事"，在于建立中国跨媒介叙事的文化逻辑。

中国艺术研究院红楼梦研究所教授孙伟科表示，饮食、男女，这些问题特别值得探讨，尤其在小说研究面临知识学转向的今天，对小说所呈现的生活各方面、各领域的研究，是小说研究的一个重要领域，夏薇老师做了一个很好的示范。《红楼梦》原本就是"大旨谈情"，读者阅读小说时往往会关心作家的主观意图，实际上作家在完成写作目的时离不开对生活的真实描写，他不会将其直接告诉读者，而是通过对生活的描绘来表达对生活的一种思考。当然，艺术家描写的对象有其艺术再加工和改造，但这种加工和改造也鲜明地带有那个时代的具体特征，其认识价值较少受到艺术家主观倾向的影响，客观性价值就显得格外重要。不同的小说之所以呈现不同的风貌，就是对历史具体性和客观性的一种呈现。这是今天读者依旧着迷于《红楼梦》的一个非常重要的原因。读者想知道两百年前中国的普通人和贵族的生活细节，细节是小说的肌理，当对具体的细节单独遴选出来予以观照时，会让读者产生一种进入小说的现场感，对历史场景进行还原是小说阅读中非常重要的方式。陈亦水老师探讨了小说通过其他媒体进行展现的方式，她通过讲资本逻辑、文化诉求，通过抽空现实性和历史内容来造成一种幻象的世界，正是这些不同的策略为观众呈现了具有不同反差的艺术世界，从而更多地生发出让我们了解从古代到现代、从具体的生活细节到艺术修辞的一种思考方式。

论坛最后，首都师范大学国际文化学院教授詹颂对本次论坛进行了评议。她表示，夏薇老师从文艺社会学和知识考古学的角度考察了《红楼梦》及相关古典小说中的饮食描写，并细致地比较了其中饮食描写的异同。古典名著中对饮食的细致描写，是小说构建丰富而立体的物质世界的重要方面，也为今天的研究者提供了理解作品及其写作背景的重要材料。正是作品中的饮食细节，让小说中的日常生活更为生动可感。作为小说研究学者，夏老师更进一步关注到了饮食描写在小说结构、人物塑造以及表现小说主旨等方面的作用。将小说中的饮食等日常生活描写与性别研究紧密结合，这是其研究的独特之处。夏老师的相关见解亦十分深刻。《红楼梦》是否属于女性主义文学？夏老师认为《红楼梦》是男性"阅读女性"的典型，不是现代意义上的女性主义作品。的确如此。《红楼梦》是古代小说中少有的对女性抱有尊重和欣赏态度的作品，但曹雪芹作为男性作者，其创作视角依然是以男性为中心的。不过，曹雪芹忠于生活，笔下的女性群像丰富多彩，不仅有黛、钗、湘这样的妙龄女子，更有刘姥姥、贾母等各个年龄段和不同身份、地位的女性，每一个都鲜活生动，可以说是中国乃至世界小说史上的奇观。女性的命运是曹公最关注的问题，他为我们呈现了女性人物的家族环境、社会背景、经济情况以及种种困境。《红楼梦》中的探春为女性发声，表达了那个时代所有不愿困于闺阁之中的有才干女子的心声。与曹公同时代的另一位伟大的小说家——吴敬梓，在《儒林外史》中也塑造了一位追求经济与人格独立的女性——沈琼枝，她被盐商骗去做妾，逃至南京，想靠卖诗文与女红独立谋生，但吴敬梓给她安排的结局是被送回父亲家里，另行择婿。曹公与吴公生活的清代前中期，现实生活中有靠做闺塾师独立谋生的单身知识女性，但她们的生活不是当时一般人心目中理想的女性生活，大概也不算曹公和吴公心目中理想的女性生活。怎样才是理想的女性生活？曹公是没有答案的。正如夏老师所言，曹公的伟大之处不在于提供答案，而在于提出他的思考和疑问。时至今日，法律上男女的地位和权利是平等的，但女性在生活中依旧面临性别造成的各种困境，这也是《红楼梦》中的女性命运仍然能引发当代人慨叹与思考的重要原因，亦是《红楼梦》的魅力所在。在学术对话环节，陈亦水老师分享了她对《红楼梦》影视改编的考察，孙伟科教授从小说理论研究的高度发表了对相关话题的看法，都让本次论坛的讨论层次更为丰富。

中国艺术研究院

红学论坛 2021 · 第 四 期

《红楼梦》"深意"观赏与探赜

时　间：2021 年 11 月 21 日 9:30—12:00

主 讲 人：李桂奎

与 谈 人：张同胜　井玉贵

学术主持：胡　晴

学术总结：段江丽

2021 年 11 月 21 日 9:30—12:00，由中国艺术研究院红楼梦研究所、《红楼梦学刊》编辑部、中国艺术研究院研究生院艺术学系、中文系联合主办的中国艺术研究院 70 周年院庆系列活动之红学论坛（2021）——"《红楼梦》'深意'观赏与探赜"在腾讯会议如期举办。

本次论坛由中国艺术研究院红楼梦研究所胡晴研究员担任学术主持，邀请到的主讲嘉宾是山东大学文学院李桂奎教授，与谈嘉宾为兰州大学文学院张同胜教授、中国社会科学院大学文学院井玉贵副教授，并由北京语言大学中华文化研究院段江丽教授担任学术评议。除腾讯会议主场以外，此次论坛还在哔哩哔哩平台同步直播，在线观看量超过 1400 人次，反响热烈。

论坛开场，胡晴研究员就红学论坛的开办作出简要说明，介绍各位嘉宾并表示感谢。

在主讲环节，李桂奎教授围绕"《红楼梦》'深意'观赏与探赜"展开自己的发言。他表示，阅读《红楼梦》各种评点本经常会遇到一系列诸如"亦有深意""有深意焉""大有深意存焉"等以"深意"为核心的评赏话语。在《红楼梦》洋洋洒洒 80 多万言的血泪文字中，其文本"深意"重重。美学家朱光潜在他的文章中曾说："物的意蕴深浅和人的性分密切相关，深人所见于物者亦深，浅人所见于物者亦浅。"正所谓"意态由来画不成""深意从来演不出"。只有甘于"涵泳"于文本"深意"之中，沉潜于"含英咀华"，才能够真正获取经典文本的真意和精髓。因此，无论是从中国"言意"文化的传统来看，还是从当今西方重文本意追寻的文论风潮来看，文学文本"深意"的观赏和探赜都应该是一个备受关注的话题。所谓"深意"，至少包括深刻的含义和深微的用意等内涵。李老师对此表示，我们关于《红楼梦》的研究，不宜再走"索隐"或"探佚"等从文本外探求的老路，而应该在遵从"深观其意"古法的基础之上，结合审美诗学、文化诗学、互文性等今法，从文本内外、文本间际来展开多维度观赏和深层次的探赜。李桂奎教授从文体、文本、文美、文化四个方面展开本次讨论。

第一，《红楼梦》"用意深微"文章风范。

文本的深浅常常取决于不同文本传播和接受的需要。李渔在《闲情偶寄》中说："传奇不比文章。文章做与读书人看，故不怪其深；戏文做与读书人与不读书人同看，又与不读书之妇人小儿同看，故贵浅不贵深。"在李渔看来，戏剧"贵浅不贵深"，文章"贵深不贵浅"。当然，这主要还是从行文语言方面讲的。就文本意蕴而言，戏文也是"意则期多，字惟求少"，以"意深词浅"为妙。从文体学来看，章回小说具有"文章"色彩，通常都是"贵深隐"的。《红楼梦》这部经典小说在整体创意上采取了"假语存"（贾雨村）、"真事隐"（甄士隐）的策略，通过"不写之写"等艺术技巧，力求通过真假、有无、虚实等文本创构之道给读者留下丰富想象的余地。文本创构的文法讲究，旨在蓄积出人意料的"深意"。所以，从某种意义上来讲，富含文本的"深意"其实也是《红楼梦》作为经典化"文章"的基本标志。既然《红楼梦》具有文章风范，自然就应该遵从章回小说的常规读法——"当文章看"，即重视文学性的发掘和审美的把握以及深层次的意义探寻，而不仅仅局限于浮光掠影地当热闹的故事看。在《红楼梦》这座宝库里，储备了许多诸如"细致""细""细如毛发"等文本资源。对此，脂砚斋等人反复提醒人们"勿作泛泛口头语""看不可粗心"。把《红楼梦》"当文章看"，首先，应该借鉴新批评"文本细读"的态度与方法，落实为"细读""细究"。在这部小说评点中，这种阅读态度是得到过提倡的，如第四十三回，王熙凤生日宝玉出城祭拜金钏，出现了茗烟代宝玉祝祷一幕，对此，庚辰本有批曰："忽插入茗烟一篇流言，粗看则小儿戏语，亦甚无味，细玩则大有深意。"茗烟的代祝将当事人的心境道破。作者采用了互文性的阐释方法，建立起文本与文本之间一种关联性的联系，使"深意"的阐发更加有味道。其次，文章之妙，贵在意趣。但不能把意趣与热闹画等号，而是指涵蕴在文本中期待观赏探赜的"深意"与门道。把《红楼梦》"当文章看"，就是要特别关注隐藏于字里行间的文本意趣。这也符合曹雪芹的审美理想。《红楼梦》第二十三回写林黛玉偶尔听到贾府家班的女孩儿们在梨香院演习《牡丹亭》曲文，在听到"原来是姹紫嫣红开遍，似这般都付与断井颓垣""良辰美景奈何天，赏心乐事谁家院"等曲文时，不觉"感慨缠绵"，赞叹"原来戏上也有好文章，可惜世人只知看戏，未必能领略这其中的趣味"。作者借林黛玉的感叹，传达了对只顾看热闹而不重领略文本意趣的遗憾。阅读《红楼梦》，不应只满足于"事体"文墨层面的狂欢，而应尽兴于"文意""深意"的观赏和探赜。另外，曹雪芹还借写宝钗传达其超越"热闹"的文艺观念。第二十二回宝钗在生日宴上点了一出《鲁智深醉闹五台山》，并对宝玉说道："你白听了这几年的戏，那里知道这出戏的好处，排场又好，词藻更妙。"庚辰夹本评曰："是极！宝钗可谓博学矣，不似黛玉只一《牡丹亭》便身心不自主矣。真有学问如此，宝钗是也。"第五十六回宝钗与探春对话道："学问中便是正事。此刻于小事上用学问一提，那小事越发作高一层了。不拿学问提着，便都流入市俗去了。"可见，宝钗对学问可免世俗、可提升人生境界的功效是心领神会的。在把小说"当文章看"的《红楼梦》接受史上，黛玉给我们展现的是较为感性的"观其深意"的审美启发；宝钗给我们提供了较为理性的学问探赜启示。

第二，《红楼梦》文本"深意"存储方式。

从一定意义上说，文本的意蕴深浅是检验小说是否具备"经典性"的一种尺度，作者通过各种行文技巧营造出值得读者慢慢观赏、慢慢细读的"深意"。在意义的创造过程之中，作者凭着世事洞明、人情通晓的智慧储备和才学锻造，运用"不写之写"、比兴象征等行为策略，实现某种"用意深微"的追求。再加之脂砚斋等人的评点作为"副文本"配套，形成与作者"主文本"的珠联璧合，使得各种文本"深意"若隐若现。其存储方式表现在四个方面。

其一，文本深意存储于象征与寓意修辞中。通常而言，"象征"和"寓意"有助于"深意"创造。或者说，"象征"与"寓意"中含有一种别出心裁的"深意"。借助命名，尤其是借助人名、花名、地名来创造寓意是中国古代小说的拿手好戏。这种命名寓意的文化渊源可以追溯到先秦时期，《荀子·正名》曾表达过所谓"名定而实辨""名闻而实喻"等观念。破解命名是小说评点的重要内容。《红楼梦》文本中的各种命名大多存有深意。就人名而言，除了"元迎探惜"四姊妹寓意"原应叹息"外，"英莲"寓意"应怜"、"娇杏"寓意"侥幸"、"霍启"寓意"祸起"等，都包含着人物命运及福祸无常的寓意。此外，《红楼梦》地名也颇为讲究，除大家熟悉的"大荒山"寓"荒唐"，"无稽崖"寓"无稽"，并寓意荒诞无稽、情根青山外，其他各种现实地名也往往谐音双关："当日地陷东南，这东南一隅有处曰姑苏，有城曰阊门者，最是红尘中一二等富贵风流之地。这阊门外有个十里街，街内有个仁清巷，巷内有个古庙，因地方窄狭，人皆呼作葫芦庙。"根据甲戌本侧批的解读，人们才深深地意识到"十里"寓"势利"，"仁清"寓"人情"，"葫芦"寓"糊涂"。这几句铺垫叙事为甄士隐家庭败落后的世态炎凉、贾雨村小人得志后的乱判葫芦案预设了社会图景，字字似珠玑，句句含深意。有的地名，脂砚斋等评点者未加关注，但也有深意在。再如，"蜂腰桥"者，乃"逢妖桥"也。只是在古代，"妖"常常被视为"爱"与"美"的象征。宝钗到潇湘馆访黛玉，正是"二妖相逢"了。最后从花名看，第六十三回"寿怡红群芳开夜宴"写庆贺宝玉生日，宝玉提议玩一种叫"占花名"的酒令游戏，各位姑娘抽签占得的花名皆大有深意：先是宝钗掣签为上书"艳冠群芳"的牡丹，象征宝钗雍容华贵，为群芳之首；后面，黛玉抽到的签是上题"风露清愁"的芙蓉，象征其孤高傲世，难免会遭受东风的摧残……根据脂砚斋评语的示意，便会对这些文化符号的象征与寓意有大致的理解和印象。当然，既为象征，寓意也免不了"烟云模糊"，时而会让读者感觉到"此中有深意，欲辨已忘言"。在古典小说世界里，事无巨细，皆可承载深意。大者如"怀金悼玉"命题固然有大的深意，小到人物的一颦一笑，也往往大有深意。对这种深意，如何展开观赏与探赜？现代文论家董希文的一段话可供借鉴："解构的方法就是指出语言的'寓言'本质，寻觅其背后的蕴意；检查文本中的'裂隙'，阐发其可能蕴含的思想；时刻注意'互文本'的存在，探究文本间的联系，描述超出文本自身的其他价值。解构的目的就是更新观念，打破封闭的价值体系，释放文本多方面的潜在意义。"运用"解构"方法，可以更深刻地了解由象征和寓意构成的文本深意。

其二，文本深意存储于含而不露的淡墨中。小说文本经常采取含而不露、若隐若现的表达方式。在《红楼梦》第七回"送宫花贾琏戏熙凤"一节，评者以"柳藏鹦鹉语方知"点评小说不明写凤姐风月之事，而以若隐若现的曲笔、隐笔写出。这种笔墨隐含深意，令人产生浮想联翩的效果。当然，《红楼梦》文本中也会根据具体情况展现个别淫邪镜头，具体做法因人、因时而异。如第十一回写贾琏与多姑娘滥淫，作者就不再为其避讳了。该藏则藏，当露则露，这就是作者根据人物、场景需要的"用笔深微"之道。留白藏露本是一种重要的传统"画法"，小说常将"画中之白"转为小说画境而赋予文本以"深意"。关于这种藏笔创意之道，可参照第四十二回所写宝钗论画认识，即"该添的要添，该减的要减，该藏的要藏，该露的要露"。

其三，文本深意存储于不写之写等隐笔下。阅读《红楼梦》经常会遇到一些乍看上去若不经意、细读又深感不可等闲视之的文字。这些"闲文戏笔"的背后常常大有深意。所谓的"不写之写""闲笔不闲"就是对这种行文笔墨的概括。如第十三回面对秦可卿的猝然长逝，贾府阖家"无不纳罕，都有些疑心"。对此，甲戌本眉批曰："九个字写尽天香楼事，是不写之写"，使人不由得猜度故事背后到底有什么深意。《红楼梦》写人，也特别注意引而不发、含而不露。如妙玉，作者不仅写她生相美妙，而且写其形迹、心境又时常现出几分微妙。第六十三回写自视清高傲世的妙玉给宝玉送帖祝寿的举止，也是与她一贯的行为准则相背离。第八十七回又写妙玉与惜春对弈，宝玉到后连连发问，妙玉的脸色一阵"飞红"，又一阵"红晕"，正是妙玉微妙而蕴藉的情爱本然反应。

其四，文本深意存储于欲说还休的对话中。《红楼梦》每每以人物"半截话"或"欲言又止"赋予文本深意，以显示"不写之写"的信息量。第三十四回宝玉挨打后，宝钗前来探望的表现连当事人宝玉都感觉宝钗言行"大有深意"了，读者又怎会不去想象其"深意"。在特殊的语境中，《红楼梦》常写说话者因有所顾忌或其他原因欲言又止，这些"半截话"或"欲言又止"的人物语言给读者留下了较大的联想空间。第十八回写元妃省亲，前后共三次落泪，尤其第三次落泪是要回宫时的落泪，是即将分别亲人又要回到深宫时的伤感之泪。"那不得见人的去处"指后宫。"不得见人"一语双关，可以理解为不能见到外人，也可以理解为不能公开、不可告人，表现她内心难以名状的孤独和辛酸。还有该回写宝钗帮宝玉改诗，宝玉说从此称宝钗为"师父"而不称"姐姐"。宝钗说我本来就不是你姐姐，"那上头穿黄袍的才是你姐姐"。兄妹与姐弟就是家人了，不能成亲，所以宝钗要改。这番话亦真亦假，充满情趣，读者的理解也是见仁见智。

第三，《红楼梦》文本"深意"探赜召唤。

阅读《红楼梦》各种评点版本不免会有一点缺憾，就是脂砚斋等历来评点者没有像金圣叹评《水浒传》、毛宗岗父子评《三国志演义》、张竹坡评《金瓶梅》等小说评点那样专门提供一套像样的"读法"。这些"读法"显然基于读者视角，往往对文本意义有特殊召唤。为此，接受美学关于"召唤结构"问题的探讨可以借鉴。美国接受美学家 W. 伊瑟尔在《文本的召唤结构》中指出："作品的意义不确定性和意义空白促使读者去寻找作品的意义，从而赋予他参与作品意义构成的权利。"这是由意义不确定与意义空白构成的"召唤结构"。在这种文本的召唤下，有限的文本便有了意义生成的无限可能性，"深意"源源不断。正是因为作者善"隐藏"，所以才更能激发出读者善"深观"的欲求。为增强文本"深意"探赜的便捷性和有效性，可以根据各评点分享的一些值得重视的读法，通过提取、整合等策略为《红楼梦》评点增添或理出一套指导审美阅读的"读法"。

其一，从"得趣""释闷"等审美视角切入，"不察其原委，问其来历"，"更不必追求其隐寓"。对《红楼梦》这种"说来虽近荒唐，细按则深有趣味"的文本，尤其是其除了字面基础意义之外的衍生、延伸意义，首先应该以"深观其意"的古法观赏探求之。第一回甲戌本眉批即指出："足见作者之笔，狡猾之甚。后文如此处者不少。这正是作者用画家烟云模糊处，观者万不可被作者瞒蔽了去，方是巨眼。"这种具有"烟云模糊"效果的笔墨被脂砚斋称为作者的"狡猾之笔"，不知"瞒蔽"了多少读者。只有具备了心灵"巨眼"的读者，才能透过"烟云"而看到隐于其中的道道风景，从而获取含蓄蕴藉的审美享受，并获得精微奥妙的情理启迪。从作者提到的"释闷"接受方式与脂砚斋"更不必追究其隐寓"这一"读法"可见，《红楼梦》阅读不应继续从"自叙传"那里找答案和再在"索隐"红学上兜圈子。应该沿着脂砚斋指引的方向前行，从文本内部审美诗学切入，通过文化诗学打开文本内外视野，对小说文本"深意"进行观赏与探赜。对文本"深意"的观赏与探赜应该主要着眼于审美阐释、情理追寻层面，以文本内在的审美价值和意义发掘为重心。只有这样，才能增强阐释的合理性和有效性。

其二，以意逆志，凭"会心"观赏作者"文心"。由于古代小说作者多隐姓埋名，"知人论世"难以付诸实施，"以意逆志"却颇有效力。金圣叹《读第五才子书法》说："大凡读书，先要晓得作书之人是何心胸。"作书人的心胸流荡于字里行间，是读者通过阅读感知而留下的印象。清人谭献在《复堂词录序》中有言："作者之用心未必然，而读者之用心未必不然。"这说明了"文本"为个性化阅读提供了可能性和自由度。小说中的人物看似是大好人，但读者却读出某种与俗论不同的"深意"。如《红楼梦》写王夫人，用笔以褒扬居多，即使写到王夫人打了金钏儿并撵之出府，还说她是仁宽意厚的人。对其私心，则多用隐晦的曲笔交代，富有深意。

其三，从文本深意中探赜人生情理。文本深意常生发于故事"事体"中的"情理"。叙事为表，理在其中。《红楼梦》第二回贾雨村看到智通寺门旁有一副破旧对联，写着："身后有余忘缩手，眼前无路想回头。"心想："这两句话，文虽浅近，其意则深。"对此，甲戌本脂批云："一部书之总批。"也就是说，批者认为小说原文中"文虽浅近，其意则深"可以用来作为《红楼梦》这部书的总批语。当然，有些评点者所提示的"深意"，至今也未必有令人满意的答案。第十三回秦可卿临终托梦王熙凤，庚辰本回前批语云："此回可卿托梦阿凤，盖作者大有深意存焉。可惜生不逢时，奈何奈何！然必写出自可卿之意也，则又有他意寓焉。"批者指出，作者写可卿托梦凤姐为家族做长远规划，且特意让此论出自可卿之口，均寄寓了特别的意涵。至于存在什么"深意"、什么"他意"，需要读者合理推测。《红楼梦》中的许多文本"深意"都是开放性的题目，自然难以有标准答案，大多是"或然"项。这种带有弹性和张力的"深意"，由你想，任你猜，作者不经意间一次次勾起读者的审美期待和意义追寻欲望。

第四，兼顾审美意趣观赏与文化意蕴探赜。

《红楼梦》中的文本"深意"至少应该包括美的意趣与理

的意蕴。在当下学术背景下，坚持本土文论观念和立场，文学文本"深意"观赏与探赜首先要运用"深观其意"古法来解决。不仅要借鉴西方文论观念，尤其借鉴那些被内化到本土的审美诗学、文化诗学以及互文性观念。同时还需要跨越文本内外，打开视界，适当借用文学文本本身与社会文本、历史文本、文化文本内外呼应的"泛文本主义"观念。另外，放眼文本与文本彼此关联的"互文性"也有助于文本"深意"的发掘与解读。当然，这些方法的借鉴和运用往往是综合性的。李桂奎教授对经典的文本片段进行了示例性解读。

其一，《红楼梦》中的"深意"随处可见，俯拾即是。由于这些富有"深意"的地带往往是文本细处，因而过去人们常以"细节描写"或"心理描写"看待，其研究指向和落脚点也往往是鉴定人物性格。这种研究思路容易陷入写人服务于性格传达逻辑。况且，文本"深意"并不专门隐藏于所谓的"细节"中，细处可有深意，粗处也可有深意。文本"深意"解读的前提不是把鲜活的文本定向于人物稳定的性格，因为人的性格具有稳定性、统贯性，"江山易改，本性难移"这样的俗话表明，人物的各种行为都可以支持性格传达，没有必要再浪费一些精彩的写人镜头去凑这个热闹。《红楼梦》第六回写刘姥姥一进荣国府时，王熙凤"只管拨手炉内的灰"。打开"互文性"视野，可以发现，王熙凤这一"特写镜头"有《水浒传》中潘金莲勾引武松时"炉内拨火"的影子。在传统文化中"火"常为"欲火",而"灰"也常被借喻为"心如死灰""死灰复燃"等,关涉人物心境。拨炉火的潘金莲欲心似火,拨炉灰的王熙凤也许在渴望死灰复燃,二者相呼应,互为影像。

其二,诗情画意,意味深长。在中国文学阐释史上,文本深意常常被当作"观画"来欣赏。清代浦起龙《读杜心解》解杜诗,偏重诗情画意的"神情声口俱活";历代各种《诗意图》旨在将语言艺术的"意"转换为绘画空间艺术去感知。前者是心解,后者用的是观赏眼光。用审美诗学眼光看文本深意,瞄准的主要是审美画境。小说画境审美值得特别重视,《红楼梦》中的葬花图、夜宴图、立雪图、卧花图皆富含诗情画意,意味悠长。第六十二回所写"憨湘云醉眠芍药裀",脂砚斋评曰:"看湘云醉卧青石,满身花影,宛若百十名姝抱云笙月鼓而簇拥太真者。"对此,人们多留意于它从开元天宝间"花裀"的故事化出,将其视为"海棠春睡图"画境的再现。其主要依据来自并不多见的"花裀"的韵事书写,该书写最早见于五代王仁裕所著《开元天宝遗事》,由此建立起这场醉酒与唐玄宗、杨贵妃风流韵事的关联,为这一文本的诗意性、风情性传达找到了答案。对此,读者并不计较,但也不能相信作者是没讲究的信笔而为。再度打开互文性视野,可以发现它与金圣叹批本《水浒传》第十二回所写武松打虎前醉眠景阳冈青石相似。同是醉眠硬邦邦的青石或石凳上,并非巧合，而是为了传达某种耐人寻味的诗性和剧意。唐代刘禹锡《西山兰若试茶歌》说："欲知花乳清冷味，须是眠云卧石人。"可见，"眠石"有利于烘托人之美、人之俏、人之豁达风度。再联想到"史湘云"之"云"，贾宝玉前世之"石"，那深意就更深了。

其三，小说的画境深意往往缘于诗境，少不了诗性蕴涵。第四十九回"琉璃世界白雪红梅"写各色人物立态，受到唐宋以来文人诗画"踏雪寻梅图"的影响，是诗画文化转化为小说经典的成功范例。"宝琴立雪"场景来源于"踏雪寻梅"诗词，充满了诗情画意，散发着浓浓的文化幽香，后被称为经典化的"宝琴立（踏）香""宝琴折梅"。最后，李桂奎教授总结道："红楼"深深深几许？杨柳堆烟，烟云模糊。"观其深意"是阅读《红楼梦》这部经典小说文本的最基本的态度，探赜其文本深意则是提升阅读层次、研究层次的必然要求。读者既可以借助审美诉求加以观赏，又可以借助文化诗学加以探赜。读不完的《红楼梦》，也许你也会发出一声"一入《红楼》深似海"长叹！这也意味着，观赏探赜其文本深意，还是要坚持不懈地进行下去！

在嘉宾对话环节，兰州大学文学院张同胜教授表示，此次对"《红楼梦》'深意'观赏与探赜"的探讨是以文学批评和美学的角度为出发点，倡导了"深观其意"的阅读方法。从《红楼梦》文本实际出发，试图建构富有民族特色的文学理论，既富有创新性，又具有鲜明的中国特色和中国气派。基于此，张教授提出了比较诗学、语言学、历史维度的"深观其意"。第一，从比较诗学来看，"深观其意"与探赜涉及学术范式转换问题，而中国现代学术范式是根据西方现代学术范式建立的。李老师在讲座中说"深意这个概念具有开放性"，那么"深意"这个核心概念的界定是不是有点模糊？激活一个概念，使它成为学术术语，不可能只依照它的字面义，因此需要对它本身进行重新定义，或者结合《石头记》文本及脂砚斋批语归纳、凝练它的核心意义。"深观其意"与探赜是一种美学批评，注重的是文学性的审美。但是对《红楼梦》的文化批评不能仅局限于审美价值的挖掘和阐发。"深观其意"作为一种研究方法，应该去架构其现代意义。第二，从语言学的角度来说，"深观其意"与探赜有没有必要去关注汉语言文字的特征？日本学者曾经谈到汉语言有两个特点：暗示性与装饰性。《红楼梦》叙事多有"深意"，这一种语言相对于汉语言本身的特点是有一定关联的。第三，从历史维度看，对《红楼梦》'深意'观赏与探赜"不等同于索隐派。《红楼梦》和脂砚斋的评点是两套笔法，却浑然一体。贾雨村和甄士隐就像是文本中的"风月宝鉴"。贾瑞在正面看见的是花枝招展的女子，背面看见的却是骷髅。一面是幻想，另一面是真相。字面是假的，言外之意的"深意"却是真的。脂砚斋一再提醒读者"是书勿看正面为幸"，照反面才能见真相。"真事隐"是两套笔法的一种，那么"深观其意"的读书法需不需要对甄士隐的"真事"进行透视？"深观其意"与"知人论世"是一种什么关系？"深意"观赏与探赜，观赏是文学性审美，探赜是不是应该包括本事的考索、"知人论世"的透视？陈维昭认为对《红楼梦》的研究包括事实还原与意义阐释，而事实还原需要历史维度的解读。因此对小说文本的深意解读其实是离不开历史维度的考察的。

随后，中国社会科学院大学文学院副教授井玉贵表示，对《红楼梦》"深意"的挖掘是非常困难的。其一，在于曹雪芹是一个百科全书式的人物，《红楼梦》吸收了非常多中国传统文化的精华。研究《红楼梦》应该从《诗经》《楚辞》、唐诗宋词以及各种古代小说一路走下来。只有这样，才有可能与中国古代小说进行互文性解读，才有可能进入"红学"的世界。同时将西方理论和中国古代小说的实际进行结合，构建本土化的文学理论也是非常关键的。其二，从清代开始，许多学者都在探求《红楼梦》中的人物原型和本事。因此，要厘清曹学和红学的关系。任何一个作家都是从他时代土壤里长出来的，一个伟大的作家既反映了那个时代，又有超时代的一面。红学应该利用互文性对其超时代的一面进行解读，挖掘它的"深意"。如何把曹学和红学进行完美的结合，既要知人论世，又要注意到《红楼梦》的超时代性，借鉴一切传统文化的资源来解读《红楼梦》这部巨著。其三，人物名字蕴含的深意是解读中国古代小说一个非常重要的角度和渠道。古今中外的作家都非常重视作品人物的命名。比如俄罗斯作家契诃夫的短篇小说《变色龙》的主人公"奥楚蔑洛夫"在俄语中是"疯癫"的意思,《一个小官员之死》的主人公"切尔维亚科夫"在俄语中是"蛆虫"的意思,读者一看名字大体就能够判断作者在这个人物身上赋予了什么含义。这和中国小说人物命名是相通的。根据考证,《儒林外史》中的重要人物蘧公孙,名蘧来旬,"来旬"便来自《诗经》;另一个次要人物尤资深,其表字"资深"来自《中庸》。吴敬梓对于人物的命名其实是含有反讽意味的,因此只有深刻了解中国传统文化、中国古人思维,才有可能更好地挖掘《红楼梦》的"深意"。

李桂奎教授对两位对谈嘉宾作了简单回应。首先,此次讲座虽然对《红楼梦》研究设立了文本立场,但是不能局限于文本内部,应该在中国传统研究方法"文字学"角度的基础上结合西方语言学"能指、所指"的观念,从历史、诗学、社会学等维度打通文本内外、开阔研究视野。其次,考索本事是非常必要的,但是不能过度阐释、强行阐释,应该综合运用这些方法,进一步建构自己的体系。

论坛最后,北京语言大学中华文化研究院段江丽教授对本次论坛展开评议。首先,她表示《红楼梦》"深意"观赏与探赜,不仅在主观层面有深微的用意,客观层面也有深刻的含义。这种深刻含义不一定是作者赋予的，接受者可以根据自己的人生经验、自己的理解赋予文本意义。在这种前提之下，可以将李桂奎教授的论述分为三个层面。第一个层面是判断性的陈述，《红楼梦》既是富有"深意"的典范文章，也是一部虚构的小说，具有丰富的文学性和审美内涵。因此不宜只采取"索隐"或"探佚"的方法，而应该结合作为"副文本"的评点，尤其是早期的脂评，通过精读、细读文本观赏《红楼梦》，进一步探索作者所赋予文本的深微用意以及《红楼梦》文本客观呈现出来的深刻含义，这是解读文本的一个基础和前提。第二个层面是结合文本，梳理《红楼梦》文本"深意"的存在方式。一是象征与修辞手法。如表现在《红楼梦》中人名地名的谐音、女孩子与花之间的比喻、诗词中的意象和典故的互文性运用等。二是含而不露、留白藏露的情节描写。比如贾琏与凤姐的风月情点到即止，这个是典型的藏；贾琏与多姑娘的偷情场面是典型的露。三是不写之写的隐笔。比如秦可卿之死、妙玉的微妙心境。四是欲说还休的对话描写。《红楼梦》里很多时候写人物对话只说半截，后面的就略去不说了。比如宝钗探访挨打之后的宝玉、元妃省亲回宫前泪别亲人，这种欲说还休的对话描写大有深意。第三个层面是李桂奎教授为《红楼梦》文本阐释方式提供了理论依据。在中国传统文论中，从作者角度来说，文本创作具有"尚隐"的传统，作者通常给予文本"深微"的用意。而从接受者角度来说，更应该去做"深观其意"的探赜。因此，作为读者本身要尽量提高审美能力和文化修养，才能具备文本解读的能力。从阐释学上来说，阐释者和作者有一个语境的问题：阐释者与作者的语境重合度越高，能探索到的作者的用意也就越多。同时，现在的文学研究、文学阐释、文学理论想要前进，就不能故步自封。应在立足文本的前提下有效借鉴审美诗学、文化诗学等西方理论，打通文本内外，探求文本深厚的审美意蕴、文化意蕴。

其次，段江丽教授表示，张同胜教授提出的如何进一步界定"深意"概念，以及历史维度的解读和索隐是不是完全等同的问题，是非常重要的。如果采取广义的互文性理论，那么历史文本、社会文本都应该从阐释文本的维度出发，对具体文本进行互文性解读。如果说"深意"观赏是文学性维度，那么"深意"探赜是不是需要历史维度的考察？也就是曹学研究对于《红楼梦》解读的意义，这些都是非常值得思考的问题。同时，段江丽教授表示，井玉贵老师结合自己的《儒林外史》本事与原型研究谈《红楼梦》的本事与原型"探赜"的意义，非常有启发性。

最后，段江丽教授针对本次论坛提出了可以进一步探讨的问题。第一，读者权力的合法性与边界问题。读者是拥有自由解读的权力和合法性的，但是如果读者的权力没有边界，就容易变成任性随意的解读。因此，应该从文本出发去限定读者权力的边界。第二，文学解读与历史解读的关系问题。从狭义的曹学和红学立场出发（权且以曹雪芹的家世生平时代背景为主要关注点的为曹学，以《红楼梦》文本为主要关注点的为红学），有几点需要思考：1.本事研究和原型研究是否也具有互文性解读的意义；2.审美意义上的"深意"探赜与索隐意义上的本事还原如何区别；3.索隐研究是中国传统学术的重要方法之一，以本事考证和原型考证为对象的历史研究，是否可以与胡适所说的"猜笨谜"的索隐一概而论。段江丽教授表示，文学解读和历史解读、社会学解读是可以兼容的。比如，从文本出发，运用马克思主义社会历史的分析方法打通文学文本和社会文本的界限，对于文学文本的解读有很大的推动作用。第三，传统文论，尤其是小说评点里"文章"的具体含义。小说评点主要从文章评点发展而来，文章评点一方面从内容上强调"深意存焉"，另一方面还包括文章技法。如果用传统"文章学"的技法论去分析包括《红楼梦》在内的传统小说，还会有许多新的内涵和价值。段江丽教授强调，以上都是李桂奎教授精彩的报告引发出来的可以进一步探讨的问题。

中国艺术研究院

红学论坛 2021 · 第 五 期

新红学的百年回望与启示

时　　间：2021 年 11 月 28 日 9:30—12:00

主 讲 人：梅新林

与 谈 人：詹　丹

学术主持：孙伟科

学术总结：沈治钧

2021 年 11 月 28 日 9:30—12:00，由中国艺术研究院红楼梦研究所、《红楼梦学刊》编辑部、中国艺术研究院研究生院艺术学系、中文系联合主办的中国艺术研究院 70 周年院庆系列活动之红学论坛（2021）——"新红学的百年回望与启示"在腾讯会议如期举办。

本期论坛由中国艺术研究院红楼梦研究所孙伟科教授担任学术主持。邀请到的主讲嘉宾是浙江工业大学梅新林教授，学术对话嘉宾是上海师范大学詹丹教授，学术总结嘉宾为北京语言大学沈治钧教授。本场论坛以腾讯会议平台为主会场，并在哔哩哔哩平台同步直播。

论坛开场，孙伟科教授首先向大家介绍了出席本期论坛的各位嘉宾——梅新林教授、詹丹教授、沈治钧教授，对各位嘉宾的出席表示感谢，并对各位同学、各位老师、各位朋友的参与表示热烈的欢迎。他再次强调：红学论坛是中国艺术研究院的科研立项项目，宗旨在于活跃学术，切磋思想，引领学术。同时，他表示 2021 年是中国共产党建党一百周年，又是中国艺术研究院成立七十周年，还是新红学诞生一百周年。因此，今天论坛的话题具有非常重要的总结意义。

在主讲环节中，梅新林教授围绕"新红学的百年回望与启示"这一话题展开了自己的发言。梅新林教授指出，20 世纪 20 年代新红学的创立，是现代学术史上的重大事件，在红学发展史中具有里程碑的意义。他表示讨论新红学首先要回归到新红学的现场，并以此为思考起点归结出三大问题：1. 何谓新红学？ 2. 为何称为新红学？ 3. 如何评价新红学？进而总结新红学的启示意义。本场发言也将以此为学术逻辑，从五个部分进行讨论。

一、回归新红学现场

梅新林教授表示，20 世纪 20 年代初的新红学要回归现场需要特别关注四个重要环节：第一是新红学的缘起，第二是胡适《红楼梦考证》的发表，第三是俞平伯《红楼梦辨》的撰写，第四是新红学的命名。随后，他围绕这四个环节展开了详细的说明。

首先，梅新林教授追溯了新红学的缘起，并认为上海亚东图书馆的经理汪孟邹与其侄子汪原放是关键性人物。汪孟邹是安徽绩溪人，于 1913 年在上海独资创立了亚东图书馆，十年后设立编辑所。他与陈独秀和胡适是同乡，私交很深。亚东图书馆先后出版了由胡适、陈独秀作序，汪原放点校并使用新式标点和分段的《水浒传》《儒林外史》《红楼梦》等十几种古典小说，风行一时。其中《红楼梦》篇幅过大，因为资金问题需放在最后出版。汪孟邹为了打开销路，解脱困境，请胡适为新式标点的《红楼梦》作序。汪孟邹对胡适的"催稿"催化了新红学的诞生。

1920 年 12 月 4 日，汪孟邹致函胡适，第一次谈到为即将排印出版的《红楼梦》写序之事。当时出版社行规是书虽未出版，但可以先做预售广告，在预售的过程中，出版社可以提前收取经费，以便资金流动。因此，汪孟邹希望《红楼梦》的出版也可以按照这样的程序，函请胡适为即将出版的《红楼梦》作序。12月11日，汪孟邹再次致函胡适。因胡适对发售预约之事持有异议，怕销路不佳且当时身体有恙，故不愿作序。汪孟邹就此对他进行了说服工作。12月14日，汪孟邹第三次致函胡适。因同乡兼老友的关系，胡适已无法推托，但对发售预约之事仍有不满。为此，汪孟邹在信中罗列四点理由进行解释，以求得胡适的理解与支持。12月19日，汪孟邹再次致函胡适就作序事宜又叮嘱了一番。1921年3月12日，汪孟邹侄汪原放在给胡适的信中也提及作序之事。3月24日，汪原放在给致胡适的信中又提到此事，希望胡适在北京高校罢课的空闲时间把序作好。4月1日，汪原放致函胡适表示自己已经收到了胡适的信和《红楼梦考证》。

第二个重要环节是胡适《红楼梦考证》的发表。在汪孟邹一再催促下，1921年3月27日，胡适完成了《红楼梦考证》的初稿。在《红楼梦考证》的写作过程中，胡适担心资料尚未找全，结论有些武断，于是在4月2日致信就职于北京大学图书馆的弟子顾颉刚，请他帮忙校补史料。两人就《红楼梦》的讨论通信由此开始。顾颉刚得以阅读此文，并为之到京师图书馆搜集到了很多资料。4月26日，顾颉刚致函胡适，告知天津图书馆有曹雪芹祖父曹寅的《楝亭全集》。4月30日，胡适从北京往天津图书馆。5月1日下午，胡适在天津图书馆查阅《楝亭全集》，所得考证《红楼梦》的材料甚多，如此则得以逐步还原曹雪芹的历史面貌。11月12日，胡适改定《红楼梦考证》，注重从《红楼梦》的"著者"和"本子"两个层面作考证研究，首次明确了曹雪芹的《红楼梦》著作权，率先还原了《红楼梦》作者曹雪芹的家世与身世，并提出了影响深远的"自传说"。1922年1月30日，蔡元培撰成《〈石头记索隐〉第六版自序——对于胡适之先生〈红楼梦考证〉之商榷》，分别从两个方面为"索隐"作辩护，又对胡适"考证"诘难。胡适随后致函蔡元培索要此文。2月17日，蔡元培复函胡适，其中谈道："承索《石头记索隐》第六版自序，奉上，请指正。"此文率先刊于2月21日、22日《北京晨报》"副镌"，再刊于2月28日上海《时事新报·学灯》。1922年5月，上海亚东图书馆出版《红楼梦》新点校本，胡适的《红楼梦考证》作为序冠于卷首。

第三个重要环节是俞平伯《红楼梦辨》的撰写。1921年3月下旬，就在胡适撰写《红楼梦考证》、顾颉刚奉命校补史料之际，向来喜欢《红楼梦》的俞平伯也深受胡适和顾颉刚研究《红楼梦》意兴的感染，开始精心阅读《红楼梦》，又经常到顾颉刚的寓所，探寻其搜访的材料，并与朋友探讨《红楼梦》。4月27日，俞平伯致函顾颉刚，首次通过书信往来探讨《红楼梦》问题。俞平伯认为，《红楼梦》后四十回本文是续补，其回目也并非出自曹雪芹手笔。5 月 4 日夜，俞平伯致顾颉刚信，提出后 40 回回目是高鹗补的，理由有三：一、和第一回自叙不合；二、史湘云的丢开：三、不合作文时程序。5 月 9 日，顾颉刚认为俞平伯信中这一质疑的理由很充足，便将他的信寄给了胡适，引起了胡适的重视。6 月 30 日，俞平伯致函顾颉刚，提出重新标点《红楼梦》。8 月 8 日，俞平伯再次致函顾颉刚，提出"想办一研究《红楼梦》的月刊"的计划，并拟出所刊的内容分为两类，即"以历史的方法考证之"和"以文学的眼光批评之"。梅新林教授在此强调这一点是不可忽略的，胡适的《红楼梦考证》主要是历史学的研究，"以历史的方法考证之"是俞平伯回应了胡适的研究方法；但是俞平伯也有自己的想法和取向，即"以文学的眼光批评之"，这是与胡适不同的研究方法，这种取向也奠定了后来由文献考证转向文本批评的重要基础。8 月 9 日，俞平伯在杭州撰成《石头记底风格与作者底态度》，为其《红楼梦辨》的开篇之作，但是后续一段时间没有论文问世。1922 年 1—2 月间，胡适就蔡元培撰成《石头记索隐》发生争论，俞平伯受此触动，撰写了《对于〈石头记索隐第六版自序〉的批评》，刊于 3 月 7 日上海《时事新报·学灯》，旗帜鲜明地站在了胡适这一边，批评蔡元培的索隐派立场与观点。4 月中旬，俞平伯从杭州去苏州看望顾颉刚，当时顾颉刚因祖母病重，离京返苏。俞平伯与顾颉刚商谈合作，把 1921 年的通信整理成一部《红楼梦》辩证的书。顾颉刚因为自己太忙，而俞平伯在去美国之前尚有空闲，于是劝他独立担当此事。顾颉刚还有两个外在的原因：一是顾颉刚是古史辨派的开创者，他认为自己应该把主要精力放在古史辨的研究上；二是他长期失眠，身体状况并不是很好。1922 年 4 月 28 日是一个非常重要的节点，郑振铎给俞平伯写了一封信。信中写道："我们底泪流了，但人间是顽石，是美的悲惨的雕刻呀！"是夜，俞平伯梦见自己似俯首在不识者的墓前，慨然高歌《红楼梦》祭晴雯文："天何如是之苍苍兮？……地何如是之茫茫兮？"随后，他写了一首诗《梦》，郑振铎的这封信以及他当晚的梦对俞平伯撰写《红楼梦辨》影响深远。4 月 29 日，俞平伯撰写了《后三十回的〈红楼梦〉》。5 月 6 日，撰《所谓"旧时真本"〈红楼梦〉》。5 月 13 日，撰札记《唐六如与林黛玉》。5 月 16 日夜，撰《〈读红楼梦杂记〉选粹》。5 月 18 日，撰《〈红楼梦〉底年表》。5 月 27 日下午，俞平伯由杭州到苏州，带着已经完成一半的《红楼梦辨》手稿去顾颉刚寓所访谈。6 月 16 日，俞平伯撰《高本戚本大体的比较》。6 月 17 日，撰《论续书底不可能》。6 月 18 日，撰《后四十回底批评》。6 月 19 日，撰《辨原本回目只有八十》。6 月 20 日，撰《〈红楼梦〉底地点问题》。6 月 21 日，撰《论秦可卿之死》。6 月 23 日，将撰于 1921 年的《石头记底风格与作者底态度》

分为《作者底态度》和《〈红楼梦〉底风格》两篇。同日改定《作者底态度》。6月25日，改定《〈红楼梦〉底风格》，又撰《八十回后底〈红楼梦〉》。7月3日夜，撰《红楼梦》札记十篇，作为附录收入《红楼梦辨》。7月8日，撰《红楼梦辨·引论》毕。7月9日下午，俞平伯即将去美国，与顾颉刚、叶圣陶辞行，并将《红楼梦辨》手稿交给顾颉刚，委托他请人抄写并代为校勘。11月19日，俞平伯因在美国患皮癣治愈无效回国，于23日上午赴北京。年底，俞平伯在北京校对顾颉刚寄来请人抄写的《红楼梦辨》书稿。1923年4月，俞平伯的《红楼梦辨》由上海亚东图书馆出版。

第四个重要环节是新红学的命名。1923年3月5日，就职于上海商务印书馆的顾颉刚为俞平伯《红楼梦辨》作序。3月6日，顾颉刚将所撰简化版《红楼梦辨·序》并一函寄给俞平伯。在序中，顾颉刚叙述了从《红楼梦考证》到《红楼梦辨》的写作经过，以及胡适、顾颉刚、俞平伯三人讨论辨析《红楼梦》的主要成果。最后借颂祝《红楼梦辨》出版提出愿望："我希望大家看着这旧红学的打倒，新红学的成立，从此悟得一个研究学问的方法，知道从前人做学问，所谓方法实不成为方法。"在此，顾颉刚不仅首次提出"新红学"与"旧红学"两个对应性概念，而且以《红楼梦考证》《红楼梦辨》为核心标志，正式宣告了新红学的诞生，并由此划分为新、旧红学两个不同的历史阶段。

二、何谓新红学？

梅新林教授认为关于新红学的界定，表面看来似乎没有争议，但实际上却多有分歧。有的学者将新红学聚焦于胡适《红楼梦考证》，百度"新红学"条目综合部分学者意见，作了如下阐释："新红学是指五四运动以后胡适等学者进行的《红楼梦》研究，是 20 世纪红学史上影响最大，而命运又最多舛的一个红学流派。这一称谓，出自顾颉刚《红楼梦辨·序》。"新红学的代表性人物是胡适，《红楼梦考证》为奠基之作——这是狭义的新红学。

还有广义的新红学，有些学者将新红学放大到意指现代时期的红学。"红楼梦中文网"所载《旧红学、新红学与当代红学》指出："红学是指研究《红楼梦》的学问，它随《红楼梦》的写作和流传而产生，至今已有两百多年的历史。两百多年间红学也经历了几个不同的发展时期。大致将其分为三个时期：从清代乾嘉年间至 1921 年以前，称为'旧红学'时期；从 1921 年'新红学'出现到 1954 年为'新红学'时期；从 1954 年批判《红楼梦》研究中的资产阶级思想至今为'当代红学'时期。"在此，新红学代表红学发展的历史阶段，而不是代表一种学派。

假如我们重新回归新红学现场，那么就会作出与以上不同的界定，即以新红学作为一个具有标志性与里程碑意义的新型学术流派，以胡适、俞平伯、顾颉刚形成新红学的"三驾马车"。

胡适《红楼梦考证》在开篇批评了索隐派主要观点之后，重点通过作者与版本研究提出了一系列崭新的观点。首先，在作者考证方面提出了富有创见而又富有争议的"自传说"。然后得出了六点结论，不仅确认了曹雪芹的《红楼梦》著作权，而且大致复原了曹雪芹的家世与身世。其次，在版本考证方面，胡适《红楼梦考证》考定《红楼梦》80 回与 120 回两种版本系统，并分 120 回程本系统为程甲本与程乙本。

俞平伯对于胡适的学术路径与核心观点既有继承又有发展，其最大的贡献是拓展至《红楼梦》文本研究。俞平伯《红楼梦辨·引论》作为全书的总结，重点谈到了如何进入红学之门、《红楼梦辨》成书经过，并承接顾颉刚 4 月 7 日来函所言："有了这篇文字，不独使得看《红楼》的人对于这部书有个新观念，而且对于书中的人也得换一番新感情，新想象，从高鹗的意思，回到曹雪芹的意思。"继之自谦道："但他这些过誉的话，我这小书是担当不起的。"最后简要概述全书 3 卷 17 篇的内容与宗旨。

顾颉刚不仅协助胡适完成了《红楼梦考证》，而且激发了俞平伯的《红楼梦辨》成为连接胡、俞的桥梁与纽带。而且顾颉刚与胡适、俞平伯不断通过书信往来讨论《红楼梦》，因相与应和，或彼此驳辩，终于促成了新红学的创立。其中顾颉刚与俞平伯二人的往来信即达 27 封之多，包括俞平伯

18 封，顾颉刚 9 封，后顾颉刚将之各订成二册，原题为《与平伯讨论〈红楼梦〉的信》。顾颉刚与胡适、俞平伯三人的通信，不仅记录了彼此讨论《红楼梦》的进程，而且成为相继成就胡适《红楼梦考证》改定稿与俞平伯《红楼梦辨》的见证。

总之，由胡适《红楼梦考证》率先奠定了新红学的基石，俞平伯《红楼梦辨》又由作者、版本考证向文本批评拓展，标志着新红学创立的最终完成，彼此一同构成相对完整的新红学体系。尽管两者都未署上顾颉刚之名，但实际上是顾颉刚以其强有力的学术支持，不仅成就了《红楼梦考证》改定稿，而且也进而成就了《红楼梦辨》。就此而论，应是由胡、俞、顾三人共同创立了新红学。

三、为何称为新红学？

顾颉刚于 1923 年 3 月 5 日所作《红楼梦辨·序》中首次明确提出新红学与旧红学的对应性概念，然后以胡适《红楼梦考证》到俞平伯《红楼梦辨》的相继问世作为新红学与旧红学的分界线。他特别强调新、旧红学之间研究方法的不同，以前的旧红学正如"海市蜃楼的不能算做建筑"一样，所以"不能算做研究"，"究竟支持不起理性上的攻击"。而新红学则"处处把实际的材料做前导，虽是知道的事实很不完备，但这些事实总是极确实的，别人打不掉的"，因为这是建立在实证基础上的研究方法，是一种"正确的科学方法"。无论是胡适还是俞平伯、顾颉刚，都自觉地以批判以前的旧红学作为自己立论的逻辑起点，然后以科学的实证方法开展新型学术研究。

胡适在《红楼梦考证》中指出，考证不容易做。一是因为材料太少，二是因为之前研究《红楼梦》的人走错了道路，做了很多无意义的附会。他在清理战场时首先将批判矛头集中对准堪称这种附会的"红学"之最的索隐派，并梳理归纳为三派。第一派说《红楼梦》"全为清世祖与董鄂妃而作"，第二派说《红楼梦》是清康熙朝的政治小说，第三派主张《红楼梦》记的是纳兰成（性）德的事。胡适认为若想真正了解《红楼梦》，必须首先打破这种牵强附会的《红楼梦》谜学。并在《红楼梦考证》中主张"打破从前种种穿凿附会的红学"，创造科学方法的《红楼梦》研究"。这正与顾颉刚于《红楼梦辨·序》中提出的"正确的科学方法"相互呼应。

俞平伯《红楼梦辨》最先写成的《石头记底风格与作者底态度》也是首先对旧红学的批判，并从对"猜谜派"（即索隐派）的批判扩大到"消闲派"的批判。同时，他也有关于科学考证方法的直接论述，以 1922 年 7 月 3 日的《札记十则》第十则为代表。俞平伯既充分肯定和承继胡适的科学考证法，又强调考证与鉴赏并重以及彼此的相互促进作用。

顾颉刚《红楼梦辨·序》本想对于旧红学种种"浮浅的

模仿，尖刻的批评，和附会的考证"以及"这种思想的来源是在何处"做一番正本清源的工作，惜因归于忙碌最终未成，但留下一个概要性论述："自从有了《红楼梦》之后，'模仿''批评'和'考证'的东西如此之多，自然由于读者的注意，但为什么做出的东西总是浮浅的模仿，尖刻的批评，和附会的考证？这种思想的来源是在何处？我要解释这三类东西的来源，很想借了这一篇序文，说明浮浅的模仿出于《尚书》之学，尖刻的批评出于《春秋》之学，附会的考证出于《诗经》之学。它们已有了二千年的历史，天天在那里挥发它们的毒质，所以这种思想会得深入于国民心理，凡有一部大著作出来，大家就会在无意之中用了差不多的思想，做成这三类东西，粘附在它的上面。"顾颉刚《红楼梦辨·序》也论及俞平伯《红楼梦辨》对于小说研究在历史观念和科学方法养成上的带动与辐射作用。

归纳上述胡适、俞平伯、顾颉刚的自我认知，皆以科学实证方法论作为新红学的核心标识，也是划分新红学与旧红学的根本依据。今天看来，这一认知依然能够成立。

四、如何评价新红学？

梅新林教授认为，从胡适、俞平伯、顾颉刚新红学派的自我期许，到后来不同时代的种种不同评价，充分见证了"变"与"不变"的辩证统一。

　　首先是胡适的奠基之功。胡适《红楼梦考证》在作者考证方面的六点结论以及两大版本系统的见解至今依然大致成立，其文所论断的曹雪芹的《红楼梦》著作权以及曹雪芹身世与家世的复原，尽管长期存有争议，但也得到多数学者的基本认可。梅新林教授强调，其中最有争议的是"自传说"。但严格地说，《红楼梦考证》说的是"自叙""自叙传"而非"自传"。胡适所论证"自叙传"的理由，可以归纳为前面五个大点加后面三个小点。《红楼梦考证》所说"自叙""自叙传"固然含有"自传"的意思，但胡适总在有意无意保持小说与历史之间的距离，所下论断还是比较谨慎的，与后来如周汝昌先生将曹家与贾府、曹雪芹与贾宝玉完全等同起来、合二为一所不同。由于胡适高度自信"科学实证方法"，所以其研究重心聚焦于作者与版本考证，而几乎忽略了《红楼梦》的文本批评。但也偶有涉及，且不乏高论，兹举两例：一是胡适《红楼梦考证》在《红楼梦》版本考证中曾谈到后40回问题，称赞其"打破中国小说的团圆迷信。这一点悲剧的眼光，不能不令人佩服"，这比俞平伯对后40回的全盘否定也更为客观；此外，胡适在作于1928年2月12—16日的《考证〈红楼梦〉的新材料》一文，对于俞平伯关于《红楼梦》南北问题的困局则有相当清醒的认识，有指点迷津的功效。

　　整体而论，胡适《红楼梦考证》并未涉足同样甚至更为重要的文本批评，因为客观而言，胡适高度自信的"科学实证方法"主要适用于作者、版本考证，而对《红楼梦》文本批评无能为力。

梅新林教授在这里引入了一个重要的观点：1924年12月5日，北京大学教授徐旭生在刊于《太平洋》第4卷第9号的《〈西游记〉作者的思想》一文中提出应该从"历史的批评""艺术的批评""思想的批评"这三个层次来评价研究文艺作品，并批评胡适的文学研究多是"历史的批评"。这也是《红楼梦考证》的问题与局限，这一局限，主要通过俞平伯《红楼梦辨》得以矫正与拓展。

其次是俞平伯的拓展之功。鉴于胡适《红楼梦考证》文献考据的集成之功，俞平伯《红楼梦辨》的学术转向固然出于俞平伯主观上的学术偏好，但同时也缘于胡适考据之路的难以为继。俞平伯在主观上具有明显的自觉意识，即强调以历史的方法考证，以文学的眼光批评，考据与鉴赏并重。实际上是为自己文献考据走向文本批评提供了方法论依据，旨在解脱科学实证方法论之于文本批评的困局。

俞平伯拓展至文本批评的最大贡献是相继提炼为一系列重要论题，梅新林教授在《俞平伯与新红学之创立》一文中归纳为12个重要论题，这些重要论题不仅支撑起了新红学的学术大厦，而且深度影响于后世的红学进程：1. 价值定位论。俞平伯同时从"传统—近代"与"中国—世界"的时空双重维度对《红楼梦》加以定位和评价。2.狗尾续貂论。俞平伯尤其推崇前80回本《红楼梦》，而特别贬斥高鹗后40回续书，认为是狗尾续貂之作。3.结局矫正论。俞平伯认定《红楼梦》后40回非曹雪芹原著，所以全面否定高鹗的续书，又借助《红楼梦》前80回对其后的可能性结局作了大胆推测。4.三重态度论。俞平伯《作者底态度》旨在从作者本旨或意趣的维度作还原性探索，提出感叹身世、情场忏悔、为十二钗作本传的三重态度之论。5.色空正反论。俞平伯《八十回后底〈红楼梦〉》引先行发表的《石头记底风格与作者底态度》论《红楼梦》以梦幻为本旨。6.钗、黛合影论。这是俞平伯关于钗、黛关系的结论。7."葬花"渊源论。8.内外时序论。《红楼梦》的时序问题，与地域同样重要，但也同样令人困惑。9.南北空间论。10.写生手段论。11.怨而不怒论。俞平伯《〈红楼梦〉底风格》将《红楼梦》的风格概括为"怨而不怒"。12.戚高版本论。

　　俞平伯《红楼梦辨》的缺失主要有以下三个方面：一是"价值观"的问题。从胡适到俞平伯以及当时诸多学者，普遍对《红楼梦》评价不高。究其原因，并不在于胡、俞等文学眼光和识见问题，而是缘于当时普遍崇尚西方、贬抑本土的文学价值观导向。二是"自传说"问题。俞平伯的"自传说"信仰承之于胡适而更趋极端化。如前所述，胡适所首创的"自传说"初旨，于文史之别还是有一定分寸的。然而到了俞平伯的《红楼梦辨》，进而将曹家与贾府、曹雪芹与贾宝玉、历史记载与文学文本混为一体。三是"贬高论"的问题。俞平伯强调从高鹗回归曹雪芹，更有超越时人的洞见，但"贬高论"的极端化、普遍化、惯性化，几成一种难以逾越的偏见与成见。同时，俞平伯还推断程伟元、高鹗两人的话是在造谣，以及对于《红楼梦》80回后160回乃至180回结局的另类推测，实已带有更多的情绪化与臆测性成分。其中《八十回后底〈红楼梦〉》已属于探佚学的范畴，甚至已滑向索隐派的边缘。综上，俞平伯《红楼梦辨》对于胡适偏重于"历史的批评"的修正以及拓展"艺术的批评"乃至"思想的批评"都有重要贡献。对照徐旭生《〈西游记〉作者的思想》一文中提出应该从"历史的批评""艺术的批评""思想的批评"这三个层次来评价研究文艺作品，则俞平伯《红楼梦辨》对于胡适偏重于"历史的批评"的修正以及拓展"艺术的批评"乃至"思想的批评"都有重要贡献。

最后是顾颉刚的促成与总结之功。顾颉刚与胡适、俞平伯之间的大量通信及其见解充分见证了其之于新红学的促成之功。其中首次提出的新红学、旧红学的对应性概念以及"正确的科学方法"更是在理论与方法的总结上为新红学画下了圆满的句号。

五、新红学的启示意义

梅新林教授分别从三个维度来探讨新红学的启示意义。

第一个维度是"新红学前"学术前锋的启示。当新红学被赋予划时代与里程碑意义之际，很容易产生一个错觉：似乎之前的一概都是旧红学；而之后的则一概都是新红学，但事实上也有相互交错的情况。1904年，王国维发表于《教育世界》的《红楼梦评论》，率先引入叔本华哲学理论对《红楼梦》进行跨文化比较研究，并对当时盛行的索隐派与自传说提出了尖锐的批评，是很先锋、很前沿的。

但是胡、俞、顾等人的研究并未提及这篇论文。梅新林教授认为，王国维《红楼梦评论》问世于前新红学时期，属于旧红学时代的产物，但若从理论创新的前沿与质量而言，则显然应该纳入新红学范畴，甚至较之胡适、俞平伯、顾颉刚的新红学更为前沿。这样超越时代的学者、作家以及作品、思想，会给我们带来很多的启示意义，也会带来很多困惑，因而不知如何在相应的时间序列中加以安置。

比较新红学与王国维彼此的异同，同者在于皆有对以索隐派为代表的旧红学的批判，同时建立新的学术研究体系。然而，王国维《红楼梦评论》高度推崇《红楼梦》作为悲剧的美学价值，称之为"彻头彻尾的悲剧""悲剧中之悲剧"，而新红学却提出《红楼梦》是一部自然主义的杰作，定位为中国一流、世界二等、未能臻于近代文学之林。彼此"价值观"的学识高下显而易见。王国维《红楼梦评论》率先通过阐释文学形象个体与共性的关系，批评并否定了《红楼梦》的"自传说"，而新红学却重新捡起"自传说"，并以此作为其核心观点，正是有些时空倒错的感觉，就文学批评而论未尝不是一种倒退。更为重要的是，王国维《红楼梦评论》无意于以科学实证方法从事作者、版本考证，而是以《红楼梦》为哲学文本、美学文本，致力于运用比较研究方法开展文本批评，而且是一种臻于哲学高度的文本批评。最早对旧红学发起冲击并主动走出旧红学窠臼的其实不是胡适、俞平伯，而是王国维。其超越时代所作的《红楼梦评论》，应视为开启新红学先声的标志性成果。

以此对照徐旭生《〈西游记〉作者的思想》一文中提出应该从"历史的批评""艺术的批评""思想的批评"这三个层次来评价研究文艺作品，王国维《红楼梦评论》所注重和擅长的"思想的批评"，同时也包含了"艺术的批评"（偏重于美学的批评），这正是注重"历史的批评"的新红学所欠缺的。

第二个维度是反思新红学之学术创新的启示。胡适、俞平伯、顾颉刚三位新红学的创立者都特别注重科学实证方法，然而更为全面地来看，是包括理论、方法与范式三位一体的整个学术体系的转型与重建。唯此，学术史家多把新红学视作现代学术的起点。

在此，梅新林教授简略介绍了胡适的学术路径。基于其学术路径，胡适《红楼梦考证》首先引进和融入杜威的"实验主义"哲学，同时融合中国传统考据学与西方科学实证方法，建立一种走出猜想与附会、走向科学实证的学术新范式；然后一统重构为理论、方法、范式三位一体的"新考据学"学术体系。然而这种"新考据学"学术体系长于史学研究领域，而短于文学批评。实际上，胡适《红楼梦考证》即是将《红楼梦》视为"历史文本"而非文学文本，重在《红楼梦》的作者、版本考证而非《红楼梦》的文学批评。《红楼梦考证》之所以成为新红学的奠基之作，其核心成果也正在于此。

俞平伯《红楼梦辨》放弃了作者的考证，而花费了大量精力从事版本考证，但就其考证成果而言远远逊色于胡适。俞平伯《红楼梦辨》的重要价值是从胡适的注重文献考证转向文本批评，并提出了一系列富有创意和学术生命力的重要论题，为后人留下重释的空间。文中所归纳的三重态度得到后人的普遍认可，即：1.《红楼梦》是感叹自己身世的；2.《红楼梦》是因情场忏悔而作的；3.《红楼梦》是为十二钗作本传的。"三重态度"也可以理解为《红楼梦》的三重主题。后来学者在探讨、阐释《红楼梦》的主题尤其是多元主题时多会溯源于此，所以也未尝不可以视为《红楼梦》多元主题说之发端。

　　总之，反思新红学之学术创新的重要启示，即是必须重构理论、方法、范式三位一体的新学术体系。新红学得益于此，而超越新红学也不例外。

　　第三个维度是通观"新红学后"学术矫正的启示。"新红学后"的学术矫正，主要从内、外两个层面展开。前者是指新红学内部的自我矫正。梅新林教授对此重点梳理了俞平伯的自我修正之路。随着百年来红学研究的不断深入，《红楼梦辨》固有的"价值观""自传说""贬高论"在不同历史时段得到了承传、重构与矫正，俞平伯本人也在自我矫正中付出了诸多努力，充分体现了一种与时俱进的精神。

　　俞平伯最先扬弃的是"自传说"。1925 年 1 月 16 日，俞平伯撰《〈红楼梦辨〉的修正》，刊于 2 月 7 日《现代评论》第 1 卷第 9 期。文中对于先前深信不疑的"自传说"作了深刻的反思，强调《红楼梦辨》一书首先要修正的是"《红楼梦》为作者的自叙传"这一观点。其次是关于"价值观"的问题，在当代逐步摆脱普遍崇尚西方、贬抑本土之西化价值观之后，对《红楼梦》的价值评判逐步回归理性、回归本位，其作为中国小说之冠、世界经典名著的地位已牢固确立。最后是"贬高论"的问题，鉴于俞平伯既定的成见太深，直至晚年终于幡然醒悟，以一副奇特的对联为发端于《红楼梦辨》的极端贬高论"忏悔"。此外，俞平伯晚年强调"今后似应多从文哲两方加以探讨"，也是在一种倡导学术方向中的自我修正、自我超越，皆为难能可贵。

然而"新红学后"内部的学术矫正毕竟力度有限，往往难以跟上时代发展的内在需要，所以到了1954年竟以激烈批判的方式，从外部对新红学实施社会学研究的强力矫正。其实，早在20世纪40年代即已陆续出现了社会学《红楼梦》研究的论著。到了50年代，在对新红学的考据学进行激进矫正之后，便从局部走向整体、从支流走向主流。再到80年代，以美学研究为先锋，以文化学研究为引领，再次对50年代以来的红学社会学研究进行全面矫正。在此经历否定之否定之后，新红学以及作为前锋的王国维的《红楼梦评论》的固有价值得到了重新发现，而对其得失也更能予以相对客观的评价。1924年，徐旭生所论"历史的批评""艺术的批评""思想的批评"至此也得以更为均衡的发展，但缺乏的是有如新红学般的重大突破。

最后，梅新林教授指出：百年沧桑，世纪风华，回望20世纪20年代的新红学，当今学界仅仅停留于总结历史与价值发现是远远不够的，更为重要的是如何以史为鉴，开创未来。应该说，当前百年未遇之大变局，并不缺乏如同新红学时代的学术创新动力与激情，但关键在于如何重构新时代红学融理论、方法、范式三位一体的新型学术体系，进而形成属于自己时代的"新红学"流派，这是百年之前新红学之于当今红学创新与超越的最为重要的启示意义。

在学术对话环节，詹丹教授根据梅新林教授的报告发表了自己的看法。首先，梅新林教授提出的胡适等创立新红学时，不将批评的矛头对准王国维，而是针对以蔡元培为代表的索隐派，这是一个值得思考的问题。针对这一问题，詹丹教授给出了自己的见解：一方面是时间因素，可能王国维《红楼梦评论》发表的时间过早。另一方面，更重要的原因是，商榷对话的前提是目标一致。归根到底说，索隐和考证其实都是一种历史学的研究，都是在寻找本事。王国维没有涉及小说的本事问题，胡适等人就无法与王国维展开对话。而索隐派毕竟也在进行本事研究，只是胡适认为其方法有误，故而对此加以商榷，这样的商榷是有价值的。

其次，梅新林教授评价新红学时认为应该从"历史的批评""艺术的批评""思想的批评"这三个层次来评价研究文艺作品，并得出结论：胡适的批评是偏重历史的，俞平伯的批评是偏重艺术的，王国维的批评是偏重思想的，而如果三者可以合而为一，那么新红学的面貌就会很全面，可以达成一种研究范式的突破。关于如何进行三位一体的批评，詹丹教授谈了自己的看法，他认为现在红学研究的推进不应该是简单的历史研究与文学研究的叠加，简单的叠加是无法完成结构突破的，也无法引起质的变化。文学和历史如何进行统一是一个很困难的问题。简单说，就是要把历史本身历史化，文学也历史化，思想也历史化，这才是文学和历史与思想研究的相加。其实，新红学本身也是发展的，对新红学进行历史的梳理，并不是说对新红学提出的一个观点加以静止化的分析，而要充分理解观点提出的背景、它的"现场化"，甚至可以说，"现场化"也是和历史一起动态前进的。所以进行研究时，首先要将历史事件历史化，而不是把事件抽象出来加以静态考察，因为即使小说有本事可以考索，也需要分析其经过种种转变而进入小说的动态过程。其次再将文学现象历史化，把思想观念在观念史和社会史双重脉络中进行梳理。现在大家提回归文学，很容易回到一种传统的趣味主义，这是成问题的，最大的问题就是非历史的态度。例如《红楼梦》中关于丫鬟的肖像描写非常稀少。宝、黛初见时，对宝、黛二人都进行了仪式化的肖像描写，但是对袭人却并无肖像描绘。包括后来的晴雯，只有在被逐出大观园时，才有简略的侧面提及。如果把这种现象用趣味主义来解释，会认为这就是作者的留白艺术。但是詹丹教授却认为，对丫鬟肖像描写的忽略，是因为《红楼梦》整体还是采用贵族视角进行叙述（尽管曹家本身不是贵族），对丫鬟基本上是忽视的。放在历史的语境中去理解了此种艺术手法的产生，这样就形成了文学内化于历史而不是从历史中抽象出来研究的趋势。

又如梅新林教授很早提出的对《红楼梦》进行文献、文本、文化三个层次的研究，用一个核心概念来解释这三个层次的话，会有不同的展开。如《红楼梦》里核心词之一为"真假"。在文献的层面上，"真假"可能意味着要寻求《红楼梦》的本事、作者、版本。但是在文本的层面上，"真假"可能是一个叙事手法，虚构的艺术和典型化的手法也属于"真假"问题。在文化的层面上，"真假"问题的核心是情真的问题。这是《红楼梦》一个非常关键的问题。把这些概念梳理出来之后，放在一个历史的语境中重新思考，比如从"大旨谈情"的文化角度来理解"真假"问题就会发现，《红楼梦》中强调的情真是一种时代的思潮。这与中国传统的礼义文化发展到某个阶段，文人对于徒具形式的危机充分暴露之后的思考有关。无论是思想家还是文学家，都用不同的方式对礼义文化进行重新的建构。从这个意义上来说，无论是讨论人物形象还是艺术手法，都可以放到一个历史的语境中去重新思考它们的关系。把所有的东西都汇集到历史当中，充分历史化，这才是当下研究需要有的一种态度。而这种态度其实也是马克思主义的历史唯物论态度。

詹丹教授表示，新红学的发端，马克思主义红学作为一个伺机而动的伏笔，是一直贯穿其中的暗线。在民国时期，马克思主义红学也是若隐若现的，到了1949年后有了更大发展。以马克思主义来展开学术研究，所持最本质的立场就是不断地将研究对象历史化，这是马克思主义红学的精髓。就"大旨谈情"而言，我们既可以把它放在中国传统文化的历史框架中来理解，也可以放在世界史的趋势中来把握。现在世界史学的趋势之一是情感史的研究，这可能是对启蒙时代以来，偏于理性思潮的一种纠偏。总之，如果能够把眼光放在整个中国文化历史的发展脉络中，放在整个世界史的学术趋势当中，重新来定位《红楼梦》，我们对《红楼梦》的评价和理解或许会不太一样，也可能会引发一种结构性突破。

在学术评议阶段，沈治钧教授为本场论坛做了学术总结。他表示梅新林教授梳理的新红学创立的过程，时间精确，十分详细。对汪孟邹、汪原放叔侄在新红学创立中起的作用，顾颉刚作为无名英雄的作用，蔡元培作为对手的作用以及王国维作为新红学先声的作用等问题做了十分必要、清晰的梳理和澄清。关于什么是新红学，梅新林教授也进行了概括，一种是从流派的角度看，胡适、俞平伯、顾颉刚这一派的红学称为新红学；一种是从历史阶段看，1921 年之前都是旧红学，1921 年至 1954 年是新红学。还有一种看法是，1921 年至今都属于新红学的历史阶段。沈治钧教授认为，当代红学的相关研究，其实与新红学仍有一脉相承的关系。如果梅新林教授总结的新红学的三个重要方面，即胡适所代表的历史研究、俞平伯代表的艺术研究、王国维代表的思想研究，是新红学重要的启示意义的话，从这个角度来看，当下的红学恐怕也没有跑出历史、艺术、思想三个方面。

沈治钧教授还就旧红学的有关问题提出了自己的看法，

他认为索隐派从反面催生了新红学的诞生，在这个意义上讲，索隐派对红学的推动也有其历史作用。而旧红学不仅仅是索隐派，还有各家评点、杂著等，其研究也不乏闪光之处。因此，对旧红学不可一概而论，就认为旧红学全是落后的。在新红学的语境之下，将当时最盛行的索隐派作为批评的对手，这是完全可以理解的。

沈治钧教授也特别提出，对于俞平伯《红楼梦》研究中重视文学批评的重要性，梅新林教授今天做了着重论述，同时也强调了俞平伯研究的三个很重要的缺失：一是针对后40回"贬高论"，二是对《红楼梦》的整体评价偏低，三是过分强调"自传说"。其实俞平伯对此一直在不断地进行反思，而且反思得非常深刻，这是需要特别注意的。另外，梅新林教授提示"自传说"和"自叙传说"两种表述的区别，也还是很有必要进行深入思考与探讨的。

随后，梅新林教授就新红学的启示意义又进行了补充阐述。他表示自己是从新红学之前、新红学之中和新红学之后三个维度探讨新红学的启示意义。学界内外比较关注的，是当下研究如何在新红学的基础上取得重大突破。而要建构一种新的红学，产生超越新红学的研究成果，需要的不仅是方法一个方面，而且是方法、理论、范式三位一体的体系。如何在新红学的基础上形成一个属于新的时代的新的红学学派，红学内外都有比较大的期待，当然这个问题也非常复杂。首先，红学界应对这个问题进行反思和总结。其次，需要在相关领域先取得一些局部的突破。这都需要众多学者的共同努力。我们处在一个大变革的时代，具备时代的精神和时代的动力，但是我们在理论、方法和范式一体化上的重新建构，还没有开始；或者说已经开始了，但成果还不够显著——这是我们应该努力的方向，在此基础上才可能形成或创立一个属于我们自己时代的新的红学学派，这样才标志着我们新红学反思和重建的任务得以完成。

最后，作为本场论坛的主持人和红学论坛的负责人孙伟科教授表示，梅新林教授对新红学回到历史现场进行了反思和总结，我们今天的探讨细致而深入，极具学术高度，詹丹教授的对话和沈治钧教授的总结是不同学术视角的互相补充，值得大家认真倾听与思考。语言上的交流可能转瞬即逝，所以也请大家继续关注我们发布论坛纪要的两个公众号："红楼梦学刊"和中国艺术研究院研究生院艺术学系的"藝见"。每期论坛之后我们发布的文字报道，内容都非常翔实，可以视作整场论坛的文字再现；同时，两个公众号的同期发布也体现了我们的红学论坛是由中国艺术研究院红楼梦研究所、《红楼梦学刊》和艺术学系以及中文系共同主办高端学术论坛的密切合作。孙伟科教授再次感谢梅新林教授细致深入的主讲、詹丹教授非常精彩的学术对话、沈治钧教授独具角度的总结，而三位教授的智慧奉献都具有"红学再出发"的学术启示意味。红学的话题言之不尽，我们以后还会继续邀请国内外最前沿的学者对大家关心的问题进行交流探讨，也期待与大家在下一场红学论坛再相聚。

中国艺术研究院

红学论坛 2021·第六期

《金陵十二钗》与曹雪芹

时　　间：2021 年 12 月 2 日 14:00—16:30

主 讲 人：陈维昭

与 谈 人：李鹏飞

学术主持：李　虹

学术总结：曹立波

2021 年 12 月 2 日 14:00—16:30，由中国艺术研究院红楼梦研究所、《红楼梦学刊》编辑部，以及中国艺术研究院研究生院艺术学系、中文系联合主办的中国艺术研究院 70 周年院庆系列活动之红学论坛（2021）——"《金陵十二钗》与曹雪芹"在腾讯会议如期举办。

本期论坛由中国艺术研究院红楼梦研究所李虹副研究员担任学术主持。邀请到的主讲嘉宾是复旦大学中文系陈维昭教授，学术对话嘉宾是北京大学中文系李鹏飞副教授，学术总结嘉宾为中央民族大学文学院曹立波教授。本场论坛以腾讯会议平台为主会场，并在哔哩哔哩平台同步直播。

论坛开场，中国艺术研究院红楼梦研究所副所长、研究生院艺术学系系主任孙伟科教授首先对众位嘉宾的参与表示感谢和欢迎。接着，主持人李虹副研究员向大家介绍了本期论坛的主要嘉宾——陈维昭教授、李鹏飞副教授、曹立波教授，对各位嘉宾的出席表示感谢，并对各位老师、同学、朋友的参与表示热烈欢迎。随后，李虹老师再次重申红学论坛的设立方和主办方，强调其理念与宗旨，简述中国艺术研究院的红学传统与特色。

主讲环节，陈维昭教授围绕"《金陵十二钗》与曹雪芹"这一话题发表了自己的见解。

一、曹雪芹究竟喜欢哪一个书名?

陈维昭教授首先提出一个问题:"《红楼梦》在创作、传抄过程中曾有过诸多书名,那么曹雪芹最喜欢哪一个书名呢?"

甲戌本凡例提到了四个书名,其中《红楼梦》是"总结全部之名",《风月宝鉴》是"戒妄动风月之情",《石头记》是"自譬石头所记之事"。至于《金陵十二钗》,凡例则未名所指。

第一回前面的楔子又提到了六次书名变化:此书最初因为石头(石兄)所记,名为《石头记》;经空空道人传抄,易名为《情僧录》;吴玉峰传阅,题曰《红楼梦》;孔梅溪传阅,题曰《风月宝鉴》;后由曹雪芹修订、写定,题曰《金陵十二钗》;至脂砚斋甲戌抄阅再评,仍用《石头记》。

上述一串书名是真是假,还是有真有假?吴玉峰、孔梅溪又为何人?这些问题学界尚无定论。而在"至脂砚斋甲戌抄阅再评,仍用《石头记》"处有眉批:"若云雪芹披阅增删,然则开卷至此这一篇楔子又系谁撰?"意为自开头至此的文字均为曹雪芹所撰。那么,曹雪芹将《金陵十二钗》归于自己名下,还是显示出了这个书名的独特之处。陈维昭教授认为,《金陵十二钗》应是曹雪芹最喜欢的书名。

关于《金陵十二钗》这个书名,以前也有红学家讨论过。如俞平伯先生曾谈道:"所谓十二钗,其实不止十二个女子……全书原都出于雪芹的笔下，但雪芹独提出《金陵十二钗》归在他自己本名之下，或者指他更得意的文章罢。"（影印《脂砚斋重评石头记》十六回后记）陈维昭教授认为，"全书原都出于雪芹的笔下"，或许还有探讨的空间，但以《金陵十二钗》指曹雪芹更得意的文章，他是十分赞同的："如果《红楼梦》有一个创作组或创作序列的话，那么《金陵十二钗》就是曹雪芹的标签。"

刘梦溪先生《论〈红楼梦〉的书名及其演变》一文亦提到"不可轻视的《金陵十二钗》"，刘先生认为："曹雪芹对于书名，不赞成《红楼梦》，同意《石头记》，更喜欢《金陵十二钗》。"但对于题名《金陵十二钗》的原因，刘先生称：曹雪芹"要用《金陵十二钗》这样的富有谈情色彩的书名，来为书中描写的反封建的政治内容打掩护"，只有从这个角度理解，才不至于失误，"任何其他的解释，不能认为是正确和贴切的"。

陈维昭教授认为，这一解释尚带有时代烙印，且本质上是将《金陵十二钗》《石头记》等书名视为同一对象的不同命名，放在一个平面来考察。他提出了另一种思路，即从"成书过程"来理解不同书名，并通过图示进行了说明。

《曹雪芹》
《金陵十二钗》

石　兄　　《风月宝鉴》
　　↓　　　　　↓
《石头记》←──── 曹雪芹
　　　　　　　　　↓
　　　　《金陵十二钗》
　　　　　　↓
　　　仍用《石头记》

　　图示上部《石头记》与《金陵十二钗》重叠在一起，指的是平面考察的思路；而图示中下部分则是一种基于成书过程的理解：从楔子交代的成书过程来看，先是石头写作了《石头记》，后来曹雪芹加入了写作过程。曹雪芹之前已作有《风月宝鉴》，形成了自己的题材取向、艺术风格、思维习惯、经验积累，他将这些个人烙印带进了对《石头记》的修改，"批阅十载，增删五次"。《金陵十二钗》的命名，突出体现了小说中曹雪芹得心应手的部分，也即带有他个人色彩的内容。后来，此书又重新命名为《石头记》。

　　同时，陈维昭教授也特别强调，不能把这一思路与"二书合成"说简单等同起来。"二书合成"说常常流于机械地区分小说不同的内容来源，缺乏足够的说服力。陈维昭教授的重点是欲探讨曹雪芹如何将个人色彩赋予作品。

　　接下来，陈维昭教授又进一步辨析了几个书名的寓意：

《红楼梦》的书名很哲学,《石头记》的书名很历史,《风月宝鉴》的书名很情色。但曹雪芹无意于故作深沉,不愿意卖弄秘史,也不屑于兜售情色,他是实实在在地要讲故事,讲一群他亲见亲历的女子的故事,使"闺阁昭传",故书名为《金陵十二钗》。俞平伯先生也曾说过:"《红楼梦》是为十二钗作本传的。"(《红楼梦辨》中卷)当然,小说中不只写了十二钗,这里只是强调以十二钗为代表的女性群体对创作的意义,以及曹雪芹为什么要把这部小说定名为《金陵十二钗》。

二、有关《金陵十二钗》(书名)的文字

接下来,陈维昭教授又分析了脂批中与《金陵十二钗》书名相关的内容。

甲戌本凡例说:"然此书又名曰《金陵十二钗》,审其名则必系金陵十二女子也。然通部细搜检去,上中下女子岂止十二人哉?若云其中自有十二个,则又未尝指明白系某某,及至'红楼梦'一回中亦曾翻出金陵十二钗之簿籍,又有十二支曲可考。"

甲戌本凡例作者为谁,学界尚有争议,陈维昭先生倾向于认为是脂砚斋。从以上内容可以看出,脂砚斋并不了解"十二钗"的确指,对于《金陵十二钗》的书名也比较困惑。脂砚斋揭示了"红楼梦""风月宝鉴""石头记"的寓意,流露出对三个书名的认可态度。比较而言,他对"金陵十二钗"

这个书名便显得不以为然。

脂砚斋认为，这部小说本是写贾府故事，他在第二回评"冷子兴演说荣国府"时称：

未写荣府正人，先写外戚，是由远及近，由小至大也。若使先叙出荣府，然后一一叙及外戚，又一一至朋友、至奴仆，其死板拮据之笔，岂作"十二钗"人手中之物也？今先写外戚者，正是写荣国一府也。故又怕闲文赘累，开笔即写贾夫人已死，是特使黛玉入荣府之速也。

"作《十二钗》人"自然是指曹雪芹，此处，脂砚斋肯定了曹雪芹高超的叙事艺术。紧接着的"诗云"之后，有双行夹批："只此一诗便妙极！此等才情，自是雪芹平生所长。余自谓评书非关评诗也。"陈维昭教授指出，脂批对曹雪芹的才情、叙事艺术、写诗水平都给予了高度评价；但是，脂砚斋或畸笏叟并没有提到过曹雪芹对家族命运的关注，也没有强调曹雪芹对于曹家的情感。

庚辰本第十七、十八回正文"说毕，命贾珍在前引导，自己扶了宝玉，逶迤进入山口"处有双行夹批："此回乃一部之纲绪，不得不细写，尤不可不细批注。盖后文十二钗书，出入来往之境，方不能错乱，观者亦如身临足到矣。今贾政虽进的是正门。却行的是僻路，按此一大园，羊肠鸟道不止几百十条,穿东度西,临山过水,万勿以今日贾政所行之径,考其方向基址。故正殿反于末后写之,足见未由大道而往,乃逶迤转折而经也。"此处,陈维昭教授认为,"十二钗书"指"有关十二钗的文字",不指书名,但也表明批点者已把"十二钗"视为故事主体。

庚辰本第三十八回写贾母对薛姨妈谈起幼年在枕霞阁"同姊妹们天天顽去",一次失脚落水碰破了头,凤姐便讲了一个老寿星额头上长包是因为"万福万寿盛满"的笑话,此处有双行夹批:"看他忽用贾母数语,闲闲又补出此书之前似已有一部《十二钗》的一般,令人遥忆不能一见,余则将欲补出枕霞阁中十二钗来,定〔岂〕不又添一部新书?"枕霞阁的"一部《十二钗》",也能体现出作为书名的《金陵十二钗》对于批点者的影响。

陈维昭教授还指出,脂批中还有一些关于"《石头记》大笔"的文字值得充分重视,这会为我们理解"作《十二钗》之人"带来一些参照。

第五回写宝玉要午睡,秦可卿把他带到自己的卧室,其布置甚为艳淫。对此,甲戌本有侧批:"一路设譬之文,迥非《石头记》大笔所屑,别有他属,余所不知。"脂批指出,这类艳淫的笔调是《石头记》人笔所不屑做的。可知《石头记》大笔者自有另一种风格的笔法。关于这条脂批,也有学者讨论过,如杜春耕先生认为,在《石头记》之外,还存在另一种非《石头记》文笔的文字引入《红楼梦》(参见杜春耕《宁荣两府两本书》)。薛瑞生先生进一步指出:"此曰《石头记》者,显指《红楼梦》初稿之一的《石头记》,'别有他属'意即出自另一部与《石头记》内容、风格都不尽相同的书稿,虽未指明,却系《风月宝鉴》无疑。"

陈维昭教授认为,"《石头记》大笔"应是曹雪芹之前的作者之笔,但他又不希望将这个问题引向"二书合成"说。他试图通过比观"《石头记》大笔"与"作《十二钗》之人",来引导大家思考曹雪芹在成书过程中所扮演的角色。

三、脂砚、畸笏与《金陵十二钗》

对《金陵十二钗》的考察,亦有助于说明脂砚斋与畸笏叟是一人还是两人的问题。

前已提及,脂砚斋在凡例中对《金陵十二钗》的书名存在困惑,他是不太满意这个书名的。

在庚辰本第十七、十八回"今年才十八岁,法名妙玉"处,有双行夹批:"妙卿出现。至此细数十二钗,以贾家四艳再加薛林二冠有六,去秦可卿有七,再凤有八,李纨有九,今又加妙玉,仅得十人矣。后有史湘云与熙凤之女巧姐儿者共十二人,雪芹题曰'金陵十二钗',盖本宗《红楼梦》十二曲之义。后宝琴、岫烟、李纹、李绮皆陪客也,《红楼梦》中所谓副十二钗是也。又有又副册三断词,乃晴雯、袭人、香菱三人而已。余未多及，想为金钏、玉钏、鸳鸯、茜云（茜雪）、平儿等人无疑矣。观者不待言可知，故不必多费笔墨。"

这条批语没有署名，后面畸笏的批语则就此而发："（树）前处引十二钗总未的确，皆系漫拟也。至末回警幻情榜方知正、副、再副及三四副芳讳。壬午季春。畸笏。"畸笏是读过原稿全书的人，知道"情榜"等内容，对"金陵十二钗"也更了解。

畸笏所针对的前批应该就是脂砚斋所作。庚辰本第四十六回这条署名"脂砚斋"的批语，亦可辅以说明问题："余按此一算，亦是十二钗，真镜中花、水中月、云中豹、林中之鸟、穴中之鼠、无数可考、无人可指、有迹可追、有形可据、九曲八折、远响近影、迷离烟灼、纵横隐现、千奇百怪、眩目移神、现千手千眼大游戏法也。脂砚斋。"这里，脂砚斋仍然对金陵十二钗的确指十分模糊，与畸笏差异明显。陈维昭教授认为，脂砚斋不了解"金陵十二钗"，是因为他没有看到过"情榜"。

脂砚斋的批点时间主要在甲戌（1754，乾隆十九年）、己卯（1759，乾隆二十四年），畸笏的批点时间主要在壬午（1762，乾隆二十七年）、丁亥（1767，乾隆三十二年）。畸笏于丁亥年批《石头记》时，不时会指出脂砚因未见及后文而作出了不正确的批语。如庚辰本第二十七回写凤姐见红玉机灵，提出要把她要过去，红玉再一次机灵地回答。此处有

"己卯冬夜"的眉批："奸邪婢岂是怡红应答者，故即逐之。前良儿，后篆儿，便是却证。作者又不得可也。"畸笏在其后批曰："此系未见'抄没'、'狱神庙'诸事，故有是批。丁亥夏。畸笏。"从提及 80 回后情节的角度看，壬午的批语多关涉后文之"情榜"，而五年之后，丁亥的批语则多涉及"狱神庙"及相关人物或情节，包括提及倪二等人、卫若兰射圃等情节。

陈维昭教授进而又提出了一种推断：在壬午年，已有"情榜"结局，丁亥年则有"狱神庙"结局。丁亥年（甚至壬午年）之前，脂砚、雪芹等人已相继去世，脂砚应该不会知道"狱神庙"的内容。至于"情榜"，如果脂砚知其内容，他也就不会一直为"十二钗"的确指问题而困惑。

陈维昭教授还从脂本批语的阅读感受上，谈了畸笏叟与脂砚斋的不同特点。那些署名"畸笏"的批语，多与秘史（如家史、创作过程）有关。畸笏一直在卖弄"知情人"的身份，虽也偶尔谈及作法、伏脉，但基本上是一个乏味的老头。而署名"脂砚"的批语，虽也有与历史真相相关的，而他的文艺观，他对全书章法、文思、情思的透彻感悟，让读者感到这是一个睿智、情商极高之人。

四、《金陵十二钗》与"情榜"

脂砚斋未见及后部的"情榜"，但曹雪芹应该是了解"情榜”的，因为《金陵十二钗》这个书名正对应着“情榜”。

由于情榜原稿今已不可见，围绕情榜的争论也有很多。如情榜究竟是 36 人、60 人，还是 108 人？分别对应哪些人？除了黛玉的“情情”、宝玉的“情不情”，还有哪些“情”？陈维昭教授关注的重心则是十二钗与情榜在结构上的对应关系。

从俞平伯先生开始，研究者就倾向于认为《红楼梦》有家散与人亡两大主题，或两大故事板块。陈维昭教授借助图示说明：家散的故事以家族盛衰为主线，以第一至第四回的四大家族故事为起点；人亡的故事以群芳聚散为主线，以第五回为起点。批语提到的小说后部“狱神庙”故事，既体现家散，又体现人亡，可以覆盖这两大板块。“警幻情榜”可能还在“狱神庙”故事的后面，起到结束整部小说的作用。但无论如何，“警幻情榜”都无法覆盖家散的内容，它对应的是人亡，是金陵十二钗的故事。小说虽然对两大主题进行了融合，但我们应该认识到其间有金陵十二钗这样一个自成体系的故事板块存在。

陈维昭教授认为，曹雪芹对两类故事的感觉也是不一样的。那些家族兴亡的内容，曹雪芹似乎并不是很敏感。如甲戌本第十三回有回后批语：“‘秦可卿淫丧天香楼’，作者（不一定是曹）用史笔也。老朽因有魂托凤姐贾家后事二件，嫡是安富尊荣坐享人能想得到处。其事虽未漏，其言其意则令人悲切感服，姑赦之，因命芹溪删去。"此处"老叟"，当为畸笏叟，他的家族情感显然比曹雪芹更为强烈。曹雪芹感兴趣的是闺阁故事。《金陵十二钗》的书名并不隐晦，其旨在为闺阁立传。明义说："曹子雪芹出所撰《红楼梦》一部，备记风月繁华之盛。"但在他的二十首《题红楼梦》诗中，我们只看到"风月"，没看到"繁华"；只看到儿女嬉戏，没看到家族兴亡。或许，明义看到的是一部《金陵十二钗》的雏形。

陈维昭教授还结合脂批中有关"开头"及"正文"的内容，探讨了小说的主体故事。第一回无论是凡例误入正文的"作者自云"，还是女娲补天、一僧一道、甄士隐的故事，都不能算是主体故事的正文，只是引出了家族兴亡的主题。甲戌本第二回回前有批曰："此回亦非正文本旨。"冷子兴演说荣国府，是四大家族故事的侧面叙述。至第三回"且说黛玉自那日弃舟登岸时"，甲戌本侧批："这方是正文起头处。"这是贾府故事的开头。第四回写葫芦僧乱判葫芦案，这对于贾府乃至四大家族故事来说，虽非正文，却是重要的序幕。在完结冯渊家人得银一事时，甲戌眉批："其意实欲出宝钗，不得不做此穿插，故云此等皆非《石头记》（即贾府和四大家族故事）之正文。"若以十二钗为故事主体，则第五回才是正文的真正开端。第五回一开始写"不想如今忽然来了一个薛宝钗"，甲戌本眉批："此处如此写宝钗，前回中略不一写，可知前回迥非十二钗之正文也。"第五回才是十二钗故事的正文之开端。它以太虚幻境薄命司判词的图谶形式揭示十二钗的数运之机、推演小说此后的故事情节。后来以"情"为榜的做法也自然是承"十二钗"的思路而来的。

总之，脂批中关于"开头"与"正文"的不同表述，是因不同的故事板块而发。陈维昭教授特别提醒，研究《红楼梦》的叙事艺术，一定要注意《红楼梦》的不同故事板块及成书过程所带来的复杂性，不宜简单套用西方叙事学理论。

陈维昭教授总结说，对于80回后原稿，今天的学者不妨作各种各样的猜想、探究，而前80回的故事及其批语，仍有重新品味的余地。曹雪芹将其编撰的书名题为《金陵十二钗》，这一事实毋庸回避，其深意也值得探究。如果我们将"《石头记》大笔"与"作《十二钗》之人"，以及《金陵十二钗》与"情榜"的对应关系等内容进行综合考量，或许可以更好地认识曹雪芹在《红楼梦》成书过程中究竟发挥了怎样的作用，扮演了怎样的角色。

主持人李虹副研究员对于陈维昭教授的精彩发言表达了感谢，认为这场讲座涉及红学中的诸多关键问题，有着丰富的学术含量，启发性很大，值得好好消化。接着，她分别邀请李鹏飞副教授与曹立波教授进行了学术对话与学术总结。

学术对话环节，李鹏飞副教授同样认为陈维昭教授的讲座内容丰富，令人受益匪浅。他还高度肯定了陈维昭教授《红学通史》的学术价值，指出一部红学史，也是一部论争史。陈维昭教授今天涉及的书名问题、成书问题、结构问题，都在红学史上有过长期的争论，但陈维昭教授能给我们带来新的启发，这是难能可贵的。具体来说，李鹏飞副教授主要谈了三个问题。

第一，建议以折中、调和的态度，来理解《红楼梦》的书名。陈维昭教授比较充分地论证了曹雪芹喜欢《金陵十二钗》书名，这一点，李鹏飞副教授也十分认可。不过，他同时又注意到，《红楼梦》这一书名虽为吴玉峰所题，但书中也写道："曹雪芹于悼红轩中披阅十载，增删五次。"这里"悼红轩"的"红"，很可能也是《红楼梦》的"红"。另外，"红楼梦"相比其他书名，在小说文本及脂批中出现的次数也是最多的，曹雪芹对于这个名字应该同样有感情。李鹏飞副教授又引述了诸多既有研究，指出《红楼梦》的五个书名，可以代表作者不同的创作意图，也可以成为读者解读的不同角度。李鹏飞副教授还比较关心作为文学手法的"多立异名"现象，其《神奇的来历——〈石头记〉"成书故事"的来龙去脉》(《文学遗产》2020年第5期)即为这方面的研究成果。

第二，认同脂砚斋、畸笏叟二人说。关于脂砚斋与畸笏叟的身份，红学史上也有着长期的争论。后来出现的靖藏本，成为支持脂、畸二人说的重要依据，近年又有学者下大力气否定靖藏本的真实性。李鹏飞副教授认为，对于靖藏本的利用，确实应该谨慎。但即使不利用靖藏本，也有很多证据能够说明脂砚斋与畸笏叟为两个人。他在 2021 年的香山红学会上，即专门就这一问题撰文。陈维昭教授从《金陵十二钗》的相关问题入手，为证明脂、畸二人说提供了新的支持，这对于李鹏飞副教授完善他的思考也带来很大的启发。

第三，《红楼梦》的成书，也是李鹏飞副教授关心的问题。他指出，《红楼梦》留下了诸多的版本文献，为成书研究带来了可能，这也是红学相对于其他古典小说研究的独特之处。张爱玲的《红楼梦魇》较早通过比对《红楼梦》的不同版本，探讨了《红楼梦》的成书问题，后来冯其庸、刘世德、陈庆浩、沈治钧、朱淡文等先生在版本、成书研究中又有很多推进与丰富。其间虽然有些观点还停留在假说阶段，但这样的研究仍是有意义的。陈维昭教授今天虽然不是专门探讨成书，但他通过揭示"十二钗文字"与《石头记》大笔"在融合过程中的不完美之处，也能为成书研究带来启发。这是一个很有新意的角度，值得继续关注与讨论。

此外，李鹏飞副教授还谈道，《金陵十二钗》与"情榜"的对应，对于讨论《红楼梦》"大旨谈情"的写作意图亦有助益。

学术总结阶段，曹立波教授表示对今天的论坛话题颇感兴趣，其间涉及的版本、成书等问题，也都是她在求学阶段曾持续关注的。今天听完陈维昭教授的讲座与李鹏飞副教授的对谈，收获、感想也都很多。具体而言，曹立波教授总结了以下三点。

第一，关于书名，曹立波教授主张用一种"兼美""兼容"的眼光去看待。曹立波教授出版过专著《红楼十二钗评传》，她对《金陵十二钗》这一书名很有好感。但她也注意到"曹雪芹于悼红轩中披阅十载，增删五次"的问题，对《红楼梦》这一书名亦加以肯定。对于陈维昭教授谈到的家散、人亡两大故事板块，曹立波教授同样主张兼容性地看待。比如，第一至第四回的家族故事中，也出现了黛玉、宝钗、香菱等十二钗正册、副册人物的事迹。家散与人亡常是交融在一起的。《红楼梦》与《金陵十二钗》两个书名间，也应搭建起沟通的桥梁。

第二，曹立波教授重点谈了本次讲座对于学术研究方法的启发。

1. 系统性研究在红学中是必要的。《红楼梦》的文本、版本、成书研究，都无法孤立展开。正如陈维昭教授所言，探讨《红楼梦》的叙事视角，不能忽视成书过程，否则就无法将问题谈透。

2. 关于《红楼梦》文学性的思考。曹立波教授结合陈维昭教授的发言认为，越是曹雪芹介入较多的部分，越是《红楼梦》文学性较强的部分。她进一步围绕"自叙"与"文学虚构"，探讨了"亲睹亲闻的几个女子"的不同写法。一些没有缺点的人物，如李纨，或者一些没有优点的人物，如赵姨娘，来自作者亲睹亲历的可能性或许大些，或尚待进行文学加工。但有一些人物的文学性、立体感、文化原型特征是十分突出的，比如薛宝钗、林黛玉，常被比作杨玉环、西施，其中既有家族的个性元素，也有民族文化的通性元素，这使"金陵十二钗"具有了一种文学典型性。

第三，曹立波教授由成书问题想到了《红楼梦》的阅读接受。在整本书阅读的背景下，一些普通读者已不满足于仅阅读《红楼梦》的某个版本，《红楼梦》很可能会迎来一种多维度的阅读。《红楼梦》经典文本生成的立体化过程，对于阅读者来讲，也会是充满启发性的。

陈维昭教授对两位老师的对谈与总结表示十分感谢，认为他们将本期论坛主题引入到了更广阔的学术背景，很有意义。同时，陈维昭教授也就三个问题进行了简单回应。

对于两位老师都很关心的书名问题，陈维昭教授认可《红楼梦》等其他书名在不同层面来看也是重要的，但他更关心的是如何通过《金陵十二钗》这个书名去审视曹雪芹本身。讨论《金陵十二钗》与曹雪芹的关系，是一个思考的起点，而不是为了区别哪个书名更好，更重要。

关于家散、人亡两个故事板块，陈维昭教授认为，它们就是交融在一起的，他也极力避免将讨论引向"二书合成"说，他所强调的是立体交融中的相对独立。

曹立波教授提到的文学性问题，陈维昭教授深表赞同。

他认为"《石头记》大笔"的作者主要是记录家族事件，缺少文学性的表达，是曹雪芹为这部小说赋予了文学性的价值。

本场论坛也是本年度中国艺术研究院红学论坛的最后一期，受孙伟科教授委托，红楼梦研究所石中琪副研究员对本年度红学论坛进行了简要总结。

石中琪副研究员说，红学论坛由中国艺术研究院立项举办，2020年举办六期，2021年举办六期，今天也正好凑成"十二"之数，"十二"在《红楼梦》中是有特别意味的数字，也与本期论坛主题呼应。红学被称为20世纪文史研究领域的显学，我们站在新红学百年的时间节点上回望，会发现红学确实是有着独特的话语体系、学术体系和学科体系的研究领域。当下无论是《红楼梦》"整本书阅读"，还是最近《曹雪芹与红楼梦》纪录片的播放，都在不断地掀起红学的新热度。我们的红学论坛也是希望把《红楼梦》研究中最前沿、最核心、最富有学术价值的内容传递给大家，与广大的红学研究者和爱好者共同分享。2021年的六期论坛，我们原有做线下的打算，但由于疫情原因，前两期做完线下后，后四期只能转到线上。其实线上、线下也各有各的好处，线上论坛，我们可以更方便地邀请到全国各地的学者，也便于更广泛的人员参与，包括像马来亚大学的红楼梦研究中心，还能远程转播我们的论坛。我们这样的相聚，不免让人想起陈寅恪先生《赠蒋秉南序》的开篇："清光绪之季年，寅恪家居白下，一日偶捡架上旧书，见有易堂九子集，取而读之，不甚喜其文，唯深羡其事。以为魏丘诸子值明清嬗蜕之际，犹能兄弟戚友保聚一地，相与从容讲文论学于乾撼坤岌之际，不谓为天下之至乐大幸，不可也。"在疫情构成的特殊背景之下，我们通过红学论坛相聚在一起，相与交流读书研"红"之得，也可以说是"至乐大幸"之事了。最后再次感谢所有参与论坛的老师、同学和朋友们对我们一如既往的大力支持，2021 年的红学论坛到此就全部结束，我们明年再见！

中国艺术研究院

红学论坛 2022

2022 年度中国艺术研究院
红学论坛综述

  2022 年 12 月 9 日至 21 日，中国艺术研究院红楼梦研究所、《红楼梦学刊》编辑部联合中国艺术研究院研究生院艺术学系、中文系在腾讯会议举办四期线上红学论坛，并在哔哩哔哩平台同步直播。

  红学论坛是由中国艺术研究院立项举办，红楼梦研究所、《红楼梦学刊》编辑部主办，研究生院艺术学系、中文系联合主办的高端学术论坛。本年度红学论坛依旧以《红楼梦》为对象，力争立足学术前沿、注重学科建构、关注跨学科发展、促进学科体系完善，使红学话语具有民族特色，自成体系。红学论坛创立宗旨是为推出学术话题、活跃思想、引领发展，为红学研究者以及爱好者提供精神营养，寻绎文学经典价值，守正创新，对话文学经典，突出文学本位，不忘初心，为红学再出发提供发展道路。

  本年度四期论坛，分别邀请山东大学文学院王平教授、北京大学艺术学院顾春芳教授、鲁迅文学院王彬研究员以及南京大学文学院苗怀明教授为主讲嘉宾，分别从宏观与微观的不同视角对《红楼梦》研究的当代问题进行深入阐述。

  2022 年 12 月 9 日下午，首期论坛以"《红楼梦》传播与接受的价值取向"为主题，邀请山东大学文学院王平教授为主讲嘉宾，由中国艺术研究院红楼梦研究所孙伟科教授担任学术主持，学术对话嘉宾为中国艺术研究院红楼梦研究所王慧副研究员。

　　主讲环节，王平教授表示，归纳总结《红楼梦》在传播与接受中的价值取向并分析其产生的原因，对更好地把握《红楼梦》的多重价值，避免对小说价值取向的扭曲有重要意义。他从《红楼梦》二百余年传播接受中呈现的价值取向多元丰富性出发，将其价值取向分为文学审美价值、艺术表现价值、人生哲理价值、情感认同价值、历史认识价值、政治功利价值、社会批判价值、伦理教化价值、商业娱乐价值、传统文化价值十个层面。其中，文学审美价值、艺术表现价值、人生哲理价值、情感认同价值都取得了丰厚的研究成果。文学审美价值即存于作品人物、情节的内在的文学审美价值以及外在的艺术形式价值。其中以悲剧价值的影响力最为持久。由于论者的哲学思想基础、人生理念及所处时代的差异，形成了以王国维为代表的人生悲剧价值取向、以鲁迅为代表的社会悲剧价值取向、爱情悲剧价值取向和性格悲剧价值取向四类。在《红楼梦》艺术表现价值的探索上，如吴宓、李长之、李辰冬等学者的研究成果都体现了对《红楼梦》艺术性的深度挖掘。人生哲理与情感认同则更具普遍性，尤其情感认同在众多改编作品中表现出为情所动、创作继承、阅读认同或排斥三种情况。但历史认识价值、政治功利价值、伦理教化价值、社会批判价值等解读方式却常偏离文本，呈现出不尽如人意的结果。而《红楼梦》艺术改编、衍生娱乐活动及网络续书等表现的商业娱乐价值，成果也良莠不齐。《红楼梦》作为中国传统文化的百科全书,《红楼梦》的传统文化价值包含内容丰富,是传承传统文化的载体,在物质文化、规范文化与精神文化中的实用价值或认识价值还需进一步阐释。最后,他指出,《红楼梦》价值取向存在多元性,既缘于传播者和接受者的知识结构或功利目的的主观意愿,也由《红楼梦》内容自身的丰富性及社会政治背景、文化思潮等客观原因造就。

在学术对话环节,王慧副研究员紧扣本次论坛主题,以卜万仓在1944年拍摄的电影《红楼梦》为例,开启自己的智慧分享。她指出,卜万仓改编参考王国维的三种悲剧观,并主动选取"第一种悲剧"为改编作的价值取向,以爱情悲剧为其主旨构成,保持原作至圣的情爱。同时,由于战争爆发和电影业兴盛所造就的独特历史背景及社会环境,其改编作也凸显出政治功利价值以及商业娱乐价值。随后,她通过展示四种《黛玉葬花》影视选段中不同的处理手法,以说明《红楼梦》在传播与接受中的多元化样态。最后,她强调,这种多元化样态虽受多方面因素影响,但《红楼梦》的阅读却不必拘泥于前贤的鉴赏结果,而应以自己的眼识感知《红楼梦》文本的价值。本期论坛最后,王平教授、王慧研究员及主持人孙伟科教授回应观众留言提问。

12月13日下午,第二期论坛主题为"《红楼梦》里的生活美学",由北京大学艺术学院顾春芳教授主讲,中国艺术研究院红楼梦研究所胡晴研究员担任学术主持，学术对话嘉宾为中国艺术研究院红楼梦研究所、《红楼梦学刊》编审陶玮。

主讲环节，顾春芳教授指出《红楼梦》成书于中国封建制度和古典文化由盛而衰的最后辉煌阶段，集中展现着中国古代优雅生活的极致。因此，顾教授由物质到精神向度，选取小说生活美学内容中饮食、戏曲以及香文化三部分展开讲述。第一，红楼饮食。由于作者个人独特的家庭背景、出身的影响，小说的饮食描写形成了完整且独具一格的红楼食谱。其体现的特点有三：一是食材配料以江南为主，南北兼杂；二是"于自然中取材，化平常为神奇"；三是天然香料调入饮食。同时，她以螃蟹宴情节为例，指出小说中的宴饮活动虽强调物质极盛，但却仍未忽视精神属性，是以视觉、味觉等综合性感官的描写，勾画品位超凡脱俗的审美文化空间。第二，红楼戏曲。《红楼梦》共有 40 多个章回曾出现过与舞台、戏曲等演剧活动等内容，其中，戏曲传奇主要有三类，即传奇剧目、各类演出、戏曲典故。而《红楼梦》戏剧演出的类别又有昆腔剧目、弋阳腔剧目、元代杂剧、南戏经典、曲艺表演、民间娱乐以及动物把戏几种，雅俗共赏，包罗万象。而《红楼梦》中的戏曲作为视听综合艺术，往往与饮食相结合，从而推升了生活美学的体验效果。第三，红楼香事。《红楼梦》中的大观园是名副其实的众"香"国，其中又分为物质、文化、精神和形而上四个层次。黛玉《葬花吟》中"天尽头，何处有香丘？"即是形而上层面对存在本源的追问，也是曹雪芹对"有情之天下"理想的追问。"有情之天下"在曹雪芹眼中是生命的本源，是人生终极意义的所在，也是作者追求的精神家园所在。作者在苦难而有限的人生中，创造了大观园的理想世界，同时也肯定了大观园不在别处，而在人间。大观园内、外的世界不能截然分开，正如现实，光明与黑暗、真理和谬误、美与丑，和谐交织。顾教授通过讨论《红楼梦》中洋溢的生活美学，不仅帮助读者了解中国人的优雅生活和品位，还借由《红楼梦》中的生活描写，由物质性的现实生活来通达精神，乃至形而上层面，揭示小说生活描写的段落背后所蕴含的形而上的哲学价值。

对谈环节，陶玮老师表示，中国一直有着构建生活美学的悠久传统和精彩纷呈的表现，而生活美学在《红楼梦》中表现出涉及度广、包容性强、集中度高、深层次的特点外，还应注意到它对小说艺术构思的服务性。随后，陶老师结合自己的教学经历，说明"琴"在中国文化传统以及在小说中表现的生活美学思想。她指出，《红楼梦》作者熟知古琴艺术，并将它作为中国知识阶层重要的生活美学内容。她通过对比小说前 80 回与后 40 回的琴艺描写，指出作者的古琴艺术修养与高级生活审美在前者中被更真实准确地反映出来。总之，《红楼梦》中生活美学内容的描写，看似信手拈来，实际却以丰厚的传统哲学思想和社会文化思潮为基础，切实地反映了时代生活，体现出作者独特的思想认识。本期论坛的最后，主持人胡晴研究员邀请顾春芳教授和陶玮老师对论坛现场观众的留言和提问予以回应。

12月16日下午，第三期论坛以"《红楼梦》服饰折射的历史背景"为主题展开。本期论坛由鲁迅文学院王彬研究员主讲，中国艺术研究院红楼梦研究所卜喜逢副研究员担任学术主持，学术对话嘉宾为中国艺术研究院红楼梦研究所张立敏研究员。

主讲环节，王彬研究员首先叙述了红楼梦服饰研究的学术渊源。他表示，由于曹雪芹在写作时并没有设定朝代纪年，考察小说的历史背景需要从文本的细节入手，以王熙凤与宝玉的服饰描写为对象或能有所启发。第三回凤姐第一次出场"身上穿着缕金百蝶穿花大红洋缎窄裉袄，外罩五彩刻丝石青银鼠褂"。褂在袍外与清代着装习惯相同，因此，其历史背景应为清代。而从颜色来看，黛玉眼中凤姐的褂子与后文刘姥姥眼中的披风一样，均是石青色。明代以前至明代，多以黄色和红色为尊，至清代，又加入石青色。尤其是皇室宗亲和贵族更是要以石青（或蓝色）为其礼服，非如此不足以显其尊。综上，可以明晰地分辨出凤姐的身份与其所处的朝代背景。同时，作为一种特殊符号，宝玉的服装也能准确传达出历史背景信息。除石青色外，宝玉的箭袖、蟒纹样也彰显了清代的时代特色。可见，即便在贾府内部礼仪规程中，作者对人物服装的设计也一丝不苟。同样，在第三回，宝玉见王夫人后，头上由"戴着束发嵌宝紫金冠"改为辫子。根据《红楼梦》内部编年，宝、黛初见应为六七岁的孩子。作者在此处显然以宝玉戴冠的造型，留下了人物青年形象与儿童年龄之间的矛盾。他指出，作者有意以戏装中的紫金冠刻画宝玉的成人形象，又回避了人物的真实年龄，让作者在人物形象与年龄、戏剧与真实之间，寻觅到了平衡的支点，从而为自己留下创作余地，也为读者布下了猜想的空间。同样，宝玉改装后的辫子虽然与清代"半剃半留"的发式无关，但不可否认，其辫子的样式仍与清代男子的发式近似。可见，作者为了维持宝玉青年公子的形象，又不违礼节，才选择了如此特殊的辫子。同时，王彬研究员以宝玉首次出场时的"八团起花"图案所展现的女性特质为例，进一步说明宝玉的服装描写实际上也游弋于真与不真之间、男性与女性之间。他认为，上述关于宝玉服饰的刻画，都展现出作者创作时始终在年轻的公子形象与儿童的年龄之间踟蹰不已。

张立敏研究员在对谈中表示，王老师的分析独具匠心地以小说戏剧学和叙事学的方法，从享受到技术性的角度分析《红楼梦》叙事，涉及华夏民族文明的要义和服饰文化的特点。他以子路"君子死，冠不免"的典故和《礼记·冠义第四十三》文本为例，说明中国作为礼仪之邦，中华民族服饰各具特色，并构成了华夏文明的特质。穿衣戴帽虽为日常，但却对个人人格塑造、社群融洽、国家秩序和谐有着不容忽视的影响。《红楼梦》的服饰描写，客观、具体且生动地展示了清代早期社会的服饰历史，小说虽故意模糊时代特征，但却形成了文学创作的显与露，使读者拥有曲径通幽的阅读体验，促成《红楼梦》经久不衰的艺术魅力。会后，主持人卜喜逢副研究员邀请王彬研究员和张立敏研究员对现场观众的提问和留言予以回应。

12 月 21 日下午，第四期红学论坛以南京大学文学院苗怀明教授主讲的"《红楼梦》的家族情结与文学书写"为本年度收官，中国艺术研究院红楼梦研究所李虹副研究员担任学术主持，学术对话嘉宾为中国艺术研究院红楼梦研究所孙大海助理研究员。

主讲环节，苗怀明教授表示，《红楼梦》的家族情结和文学书写建立在文学与家族双向互动认知的基础上。家族作为解读《红楼梦》主旨的关键词之一，曹氏家族的盛衰变迁是曹雪芹创作的重要素材和背景，也是准确深刻地理解作者创作动机和作品内容的一把钥匙。与此同时，作者对家族兴衰的描写和反思也构成了《红楼梦》的核心内容。随后，苗教授图文并茂，穿越古今时空，生动地展示了曹家在南京的地理活动空间，并回顾了曹家在南京 66 年的家族历程。他表示，曹家在江南完成了家族从盛到衰的过程，曹雪芹在南京富贵繁华、快乐安逸的贵族生活虽然短暂，但却给他留下了十分深刻的记忆，也成了他终生难忘、挥之不去的乡愁。虽然早期学者多从意识形态角度谈及《红楼梦》的家族问题，尤以"阶级斗争说"盛行。但他认为，此种说法实为缺乏对作者家族情结深切了解而得出的结论，完全忽略了贾宝玉作为家族和封建制度的最大既得利益者身份，无视贾府上下的命运共同体意识。因此，他指出，曹雪芹在小说中对先祖开创家族基业的敬仰之情、对家族破败的忏悔和惋惜以及对家族主要成员堕落所表达的愤恨，都是曹雪芹写作中流露的家族情结。最后，苗教授从家族角度总结《红楼梦》的文学价值：第一，《红楼梦》作为典型的家族小说，写出了大家族普遍的生存状态。第二，《红楼梦》的家族描写带有反思色彩。作者以非常节制、冷静、挑剔的眼光审视着家族的种种弊端，思考家族从盛到衰的深层根源，意识到每个人都构成了破坏家族的根由。第三，《红楼梦》既展现了家族的荣耀，也表现了内部的矛盾，提供了中国古代家族真实生活样态的样本。《红楼梦》突破了传统的英雄传奇小说和世情小说两类具有家族意识的文学作品。相比之下，《红楼梦》在家族描写方面在中国小说史上首屈一指，它所达到的思想深度和艺术成就是其他小说无法相比的。

中国艺术研究院红楼梦研究所孙大海助理研究员在对谈中以索隐派和评点派的阐释方法为例，说明《红楼梦》阅读方法选取对理解小说文本的影响。他表示，苗老师的讲座充分地回归历史情境，梳理了整个曹家家世变迁史和小说中的家族文化书写，为解读《红楼梦》的家族意识提供了良好示范。随后，孙老师也就如何把握作者个人经历和小说文本性质间的平衡提供了一些角度：第一，重视早期脂批提供的信息。第二，把握小说中共性的贵族生活经验和具体的生活性描写。第三，作者与文本研究可延伸至作者的情感及精神层面。第四，或可借助知识学的方法，回溯作者的阅读经历和知识结构，为作者和文本研究提供补充。

论坛最后，孙伟科教授为2022年度红学论坛作学术总结。他表示，2022年度红学论坛依旧为促进红学界的互动和交流提供了良好的平台。论坛的参与嘉宾知识广博，学养深厚，他们借助《红楼梦》为广大爱好者们培养文学趣味、提高文学修养和文学品鉴能力贡献了自己的智慧。本年度四期论坛内容多样，真正地凸显了以文学为中心的阐释角度。在总结各期论坛内容后，他表示，只有对《红楼梦》文学性的思考和探讨不止，红学才能拥有无限的新面貌，才能让红学品格真正与时代、与广大文学爱好者的要求相适应。希望四期红学论坛不仅能向大家传递优秀的红学研究成果，同样也给予大家一种方法的示范。让红学论坛成为红学同好者们见面和交流的平台，真正为红学新征程发挥引领作用，示范红学"以文学为本"的学术之路。

在圆满举办四次论坛的同时，还结合红学研究的热点和前沿问题，顺利举行了四场专题咨询学术报告会，分别为：中国传媒大学李汇群副教授的学术报告"《红楼梦》影视改编与当代传播"，中国建筑技术研究院一级注册建筑师黄云皓的学术报告"《红楼梦》的建筑与园林"，大谷大学耿威研究员的学术报告"《红楼梦》的景观与器物"，中央美术学院董梅教授的学术报告"《红楼梦》空间与花木"。此外，针对本年度学术论坛，还进行了多次专题通信咨询和两次现场咨询，尤其是为深入学习宣传贯彻党的二十大精神，特别邀请成都理工大学马克思主义学院郭士礼教授就"马克思主义文艺观与《红楼梦》文学经典地位的形成"做了系统咨询与深入探讨，一致认为新中国成立之后在马克思主义文艺理论的观照下，《红楼梦》的文学价值得到充分的挖掘与科学的评价，其文学经典地位最终确立，而《红楼梦》经典地位确立充分显示出马克思主义文艺理论的科学性，并为红学的深入研究和长远发展奠定了扎实的基础。

红学具有广泛的社会基础，在引领风气、构建学术共同体方面一向具有典范意义，红学对"三大体系"的建构与实践，《红楼梦》作为文化资源的"双创性"实践与探索，党的二十大报告中所明确强调的"两个结合"对红学研究与未来发展的方向引领与理论指导，以及"红学再出发"的视野、方法、路径与范式等，在新的时代语境中更需要深入研究，未来我们也会加强相关研讨。

附录　中国艺术研究院红学论坛 2020—2022 总目录

主办：红楼梦研究所 /《红楼梦学刊》

2020 年

第一期：换个角度观红楼

时间：2020 年 9 月 20 日 9:30—11:30

地点：线上论坛

主讲人：陈洪教授　南开大学

学术主持：张庆善研究员　中国艺术研究院

学术总结：孙伟科教授　中国艺术研究院红楼梦研究所

联合主办：研究生院中文系、艺术学系

第二期：假如吴敬梓来评《红楼梦》，他会怎么说？

时间：2020 年 9 月 30 日 9:00—11:30

地点：线上论坛

主讲人：陈文新教授　武汉大学文学院

与谈人：叶楚炎副教授　中央民族大学文学与新闻传播学院

学术主持：孙伟科教授　中国艺术研究院红楼梦研究所

学术总结：苗怀明教授　南京大学文学院

联合主办：研究生院中文系、艺术学系

第三期：《红楼梦》整本书阅读的理念与实施

时间：2020 年 10 月 22 日 13:30—16:00

地点：线上论坛

主讲人：俞晓红教授　安徽师范大学文学院

与谈人：詹丹教授　上海师范大学人文学院

学术主持：石中琪副研究员　中国艺术研究院红楼梦研究所

学术总结：孙伟科教授　中国艺术研究院红楼梦研究所

联合主办：研究生院中文系、艺术学系

第四期：红学再出发

时间：2020 年 10 月 31 日

地点：上海师范大学东部文科实验楼 1103 室

学术主持：詹丹教授　上海师范大学人文学院

学术总结：张云编审　中国艺术研究院红楼梦研究所

承办单位：上海师范大学人文学院

第五期：红楼人物的结构化理解

时间：2020 年 12 月 12 日 14:00—16:30

地点：线上论坛

主讲人：詹丹教授　上海师范大学人文学院

与谈人：潘建国教授　北京大学中文系

学术主持：胡晴副研究员　中国艺术研究院红楼梦研究所

学术总结：赵建忠教授　天津师范大学文学院

联合主办：研究生院中文系、艺术学系

第六期：金陵十二钗排序原则漫谈

时间：2020 年 12 月 19 日 14:00—16:30

地点：线上论坛

主讲人：沈治钧教授　北京语言大学汉语学院

与谈人：董梅副教授　中央美术学院人文学院

　　　　卜喜逢副研究员　中国艺术研究院红楼梦研究所

学术主持：张庆善研究员　中国艺术研究院

学术总结：孙伟科教授　中国艺术研究院红楼梦研究所

联合主办：研究生院中文系、艺术学系

2021 年

第一期：红学再出发（2021）：《红楼梦》的经典化及其研究

时间：2021 年 6 月 19 日（线下论坛·浙江海洋大学师范学院）

地点：浙江海洋大学国际学术交流中心（长峙岛校区）103|2 室

学术主持：韩伟表教授　浙江海洋大学师范学院

学术总结：孙伟科教授　中国艺术研究院红楼梦研究所

主办单位：中国艺术研究院红楼梦研究所、浙江海洋大学师范学院

第二期：宝玉说红楼：走向经典

时间：2021 年 9 月 26 日 14:30—17:00

地点：中国艺术研究院南区研究生院三楼学术报告厅

主讲人：欧阳奋强　国家一级导演、八七版电视连续剧《红楼梦》贾宝玉饰演者、

　　　　中国红楼梦学会艺术与文创委员会主任委员

与谈人：孙伟科教授　中国艺术研究院红楼梦研究所

　　　　陶玮编审　中国艺术研究院《红楼梦学刊》编辑部

学术主持：张庆善研究员　中国艺术研究院

学术总结：石中琪副研究员　中国艺术研究院红楼梦研究所

联合主办：中国艺术研究院研究生院教务部

第三期：饮食男女：《红楼梦》中的性别问题

时间：2021 年 11 月 14 日 9:30—12:00

地点：线上论坛

主讲人：夏薇研究员　中国社会科学院文学研究所

与谈人：孙伟科教授　中国艺术研究院红楼梦研究所

　　　　陈亦水讲师　北京师范大学艺术与传媒学院

学术主持：卜喜逢副研究员　中国艺术研究院红楼梦研究所

学术总结：詹颂教授　首都师范大学国际文化学院

联合主办：研究生院中文系、艺术学系

第四期：《红楼梦》"深意"观赏与探赜

时间：2021 年 11 月 21 日 9:30 —12:00

地点：线上论坛

主讲人：李桂奎教授　山东大学文学院

与谈人：张同胜教授　兰州大学文学院

　　　　井玉贵副教授　中国社会科学院大学文学院

学术主持：胡晴研究员　中国艺术研究院红楼梦研究所

学术总结：段江丽教授　北京语言大学中华文化研究院

联合主办：研究生院中文系、艺术学系

第五期：新红学的百年回望与启示

时间：2021 年 11 月 28 日 9:30 —12:00

地点：线上论坛

主讲人：梅新林教授　浙江工业大学

与谈人：詹丹教授　上海师范大学人文学院

学术主持：孙伟科教授　中国艺术研究院红楼梦研究所

学术总结：沈治钧教授　北京语言大学汉语学院

联合主办：研究生院中文系、艺术学系

第六期：《金陵十二钗》与曹雪芹

时间：2021 年 12 月 2 日 14:00 —16:30

地点：线上论坛

主讲人：陈维昭研究员　复旦大学中文系

与谈人：李鹏飞长聘副教授　北京大学中文系

学术主持：李虹副研究员　中国艺术研究院红楼梦研究所

学术总结：曹立波教授　中央民族大学文学院

联合主办：研究生院中文系、艺术学系

2022 年

第一期：《红楼梦》传播与接受的价值取向

时间：2022 年 12 月 9 日

地点：线上论坛

主讲人：王平教授　山东大学文学院

与谈人：王慧副研究员　中国艺术研究院红楼梦研究所

学术主持：孙伟科教授　中国艺术研究院红楼梦研究所

联合主办：研究生院中文系、艺术学系

第二期：《红楼梦》里的生活美学

时间：2022 年 12 月 13 日

地点：线上论坛

主讲人：顾春芳教授　北京大学艺术学院

与谈人：陶玮编审　中国艺术研究院《红楼梦学刊》编辑部

学术主持：胡晴研究员　中国艺术研究院红楼梦研究所

联合主办：研究生院中文系、艺术学系

第三期：《红楼梦》服饰折射的历史背景

时间：2022 年 12 月 16 日

地点：线上论坛

主讲人：王彬研究员　鲁迅文学院

与谈人：张立敏研究员　中国艺术研究院红楼梦研究所

学术主持：卜喜逢副研究员　中国艺术研究院红楼梦研究所

联合主办：研究生院中文系、艺术学系

第四期：《红楼梦》的家族情结与文学书写

时间：2022 年 12 月 21 日

地点：线上论坛

主讲人：苗怀明教授　南京大学文学院

与谈人：孙大海助理研究员　中国艺术研究院红楼梦研究所

学术主持：李虹副研究员　中国艺术研究院红楼梦研究所

学术总结：孙伟科教授　中国艺术研究院红楼梦研究所

联合主办：研究生院中文系、艺术学系

后记
开谈又论红楼梦，
经典重温驱疫年

2020—2022 年是不寻常的三年，全球笼罩在新冠疫情的阴霾之下，每个人都面对前所未有的考验。当习以为常的生活突然被改变，当困居斗室成为日常，抚慰情绪、安顿内心成为很多人需要直接面对的问题。罗曼·罗兰说人是精神的仆从；列夫·托尔斯泰也强调人的精神力量比体力更富于生命力。

大疫横行，全民奋起，每个个体、团体都以自己的方式做着力所能及的努力。正是在这疫情肆虐之中，中国艺术研究院立项设立了"红学论坛"，倡导大家重温经典，温暖心灵，振奋精神，共度时艰。

2020 年 9 月 20 日上午 9 点 30 分，红学论坛第一期以网络直播的形式在腾讯会议和哔哩哔哩两个平台同时开启。"博学多才"（主持人张庆善研究员语）的陈洪教授以《换个角度观红楼》为题开讲，为红学论坛"云程发轫"。其后五期主办方也是精心设置论题，然后邀请对此专题有深入研究的学者主讲和与谈，因而形成了广泛的学术影响和良好的社会声誉。在第六期结束时，作为红学论坛的项目负责人，孙伟科所长总结说，红学论坛向大家传递了最前沿、最高端、最有学术价值的内容，丰富了红学的话语体系、学术体系和学科体系，更是疫情之下适合研究者和爱好者交流切磋、"解味红楼"的最好形式。

2021 年，我们在接续前一年论坛成果的基础上再接再厉，在疫情缓解的 6 月中旬，远赴舟山浙江海洋大学，邀请长三角地区的学者共同举办了为期一天的线下论坛。9 月下旬，在新一届的硕士、博士研究生学生入学之后，我们邀请到了八七版电视连续剧《红楼梦》贾宝玉的饰演者欧阳奋强导演，与在校同学共话《红楼梦》作为文学经典的艺术改编问题，也引起广大师生的强烈反响。2021 年末，红学论坛完成两年共十二期之后，石中琪副所长总结说，在疫情构成的特殊背景之下，大家通过红学论坛相聚在一起，相与交流读书研"红"之得，也可以说是"至乐大幸"之事了。

2022 年 12 月上旬，随着新冠疫情防控的全面放开，三年疫情接近尾声。当月 9 至 21 日，2022 年度的四期红学论坛连续推出，也为疫情之下三年共计十六期的红学论坛画上了一个圆满的句号。

2020—2022 年十六场红学论坛，我们邀请了众多红学界的一线学者参与学术探讨，其中既有学养深厚的资深学者，也有成就突出的青年新锐；既有专研《红楼梦》与小说的红学专家，也有其他领域的跨学科研究者。论坛话题丰富，涉及《红楼梦》文本、文献、文化研究的人物情节、思想艺术、家世生平、版本成书、阅读接受、改编传播、性别服饰、史论反思等诸多方面的内容，传统研究与前沿视角兼具，宏观视野与微观分析结合，可以说是代表了当下红学研究与发展的水平。

更为值得一提的是，红学论坛不仅极具学术价值，在社会影响和效益方面也取得了良好的成果。红学一向被称为文史研究领域的显学，但是能引起学术界和红迷都来关注且参与并又真正具有正确引导性的学术话题和学术活动很少，而本论坛在疫情期间的举办，恰恰引起了红学界的学者和普通爱好者的广泛参与和热议，各地包括海外相关研究团体如韩国红楼梦学会、新加坡红楼梦学会、马来西亚马来亚大学、新西兰海客谈瀛洲读书会等都极为关注，甚至对论坛进行实况转播，每期有数千人的同步参与，可以说是真正做到了活跃思想、引领发展，在团结《红楼梦》研究者和爱好者、共建学术共同体方面做出了努力与贡献，这也是本论坛取得的最大突破。

红学论坛的顺利举办，是多方支持、共同努力的结果。论坛由中国艺术研究院红楼梦研究所、《红楼梦学刊》编辑部主办，其中2020年的第四期和2021年的第一期分别在上海师范大学、浙江海洋大学举行，这也要特别感谢詹丹教授、韩伟表教授的合作与承办；其他各期都是与中国艺术研究院研究生院艺术学系、中文系联合主办，研究生院的杨雯、王文馨、余纯波、帅雯霖等几位老师给予有力支持，在此也对他们深表感谢。

每期论坛从设计议题、邀请专家，到设计海报、发布预告，从论坛举办、平台操控，到整理纪要、文稿报道，都要付出相当的时间和精力，而这些工作大都是由我们的硕士、博士研究生担当完成的。其中，论坛海报由向芳、琚翩翩、秦绪湉、姚姝含等各位同学设计；论坛直播的两个线上平台即腾讯会议和哔哩哔哩网站主要由赵凯和姚姝含操作；论坛纪要的文稿主要由向芳、姚姝含、赵凯、张笑笑、王奕、孙大海、李虹等整理完成，而论坛纪要的发布，也得到了广泛称誉，被认为开创了一种新式论坛报道方式，使阅读者有一种身临其境的现场感；论坛举办的通知预告和后期纪要的网络发布，则主要由姚姝含负责。再次对大家的辛勤付出表示最深挚的感谢。

论坛结集付印，还要特别感谢本书的责任编辑叶茹飞主任，因为她的督促，此书才得以及时出版。

《红学对谈集：中国艺术研究院红学论坛（2020—2022）》的出版，是对前一个阶段的总结，更是一个新阶段的开始。需要特别说明的是，2023 年，我们的红学论坛依然继续举办，只是大都以现场研讨的形式举行，不再通过网络平台直播。所以对 2020—2022 年这三年线上为主的论坛进行结集出版，也是对这一特殊时段的记忆留存，因为我们太容易遗忘了，不管是欢乐还是苦难。当我们写下这段文字的时候，时值后疫情时代的又一个冬天，春天再次来临的时候，愿我们的世界会更加美好。

2022 年当然是不平常的一年，举世瞩目的党的二十大隆重召开并胜利闭幕，中国共产党团结带领全国各族人民向着全面建成社会主义现代化强国、实现第二个百年奋斗目标继续前进。习近平总书记在党的二十大报告中指出："中国共产党人深刻认识到，只有把马克思主义基本原理同中国具体实际相结合、同中华优秀传统文化相结合，坚持运用辩证唯物主义和历史唯物主义，才能正确回答时代和实践提出的重大问题，才能始终保持马克思主义的蓬勃生机和旺盛活力。"这一重要论述深刻阐明了"两个结合"对于让中华优秀传统文化焕发生机活力的重大时代意义。《红楼梦》作为最伟大的中国古典小说，是中华优秀传统文化的杰出代表，更有广泛的民众基础和深远的社会影响，是以红学自应在文化强国的建设中发挥其积极作用，在实现中华民族伟大复兴的征程中贡献自己的价值和力量。

编著者

2023 年冬

图书在版编目（CIP）数据

红学对谈集：中国艺术研究院红学论坛：2020-
2022 / 孙伟科，石中琪编著. — 北京：文化艺术出版社，
2023.12

ISBN 978-7-5039-7573-8

Ⅰ.①红… Ⅱ.①孙… ②石… Ⅲ.①红学—文集

Ⅳ.①I207.411-53

中国国家版本馆CIP数据核字（2023）第244652号

红学对谈集
中国艺术研究院红学论坛：2020-2022

编　　著	孙伟科　石中琪	
责任编辑	叶茹飞　张　庆	
责任校对	董　斌	
书籍设计	顾　紫	
出版发行	文化艺术出版社	
地　　址	北京市东城区东四八条52号（100700）	
网　　址	www.caaph.com	
电子邮箱	s@caaph.com	
电　　话	（010）84057666（总编室）　84057667（办公室） 84057696—84057699（发行部）	
传　　真	（010）84057660（总编室）　84057670（办公室） 84057690（发行部）	
经　　销	新华书店	
印　　刷	国英印务有限公司	
版　　次	2023年12月第1版	
印　　次	2023年12月第1次印刷	
开　　本	880毫米×1230毫米　1/32	
印　　张	8.625	
字　　数	200千字	
书　　号	ISBN 978-7-5039-7573-8	
定　　价	68.00元